Eva Seith

Der Wirbel der Angst

Folge deinem Herzen.

Meinen Eltern,
in Liebe und Dankbarkeit.

Eva Seith

Jahrgang 1967, bereiste als Künstlerin viele Orte dieser Welt und lernte viele beeindruckende Menschen kennen. Diese Begegnungen haben unzählige Ideen hinterlassen, die die Autorin in einer alten Seemannskiste sammelt, wo sie ungeduldig nach Luft schnappen, bis sie aufs Papier dürfen. Ihre Passion ist das Schreiben, und so wird schon bald ein neuer Jugend-Fantasyroman erscheinen.

Eva Seith

Der Wirbel der Angst

Folge deinem Herzen.

Bibliografische Information der Deutschen Nationalbibliothek:
Die Deutsche Nationalbibliothek verzeichnet diese Publikation in der Deutschen Nationalbibliografie; detaillierte bibliografische Daten sind im Internet über http://dnb.dnb.de abrufbar.

© 2016 Eva Seith

Herstellung und Verlag: BoD – Books on Demand, Norderstedt

Taschenbuch: ISBN 9783837008111

Umschlaggestaltung: © Cover Me Design, www.covermedesign.de

Lektorat, Korrektorat: Carolin Böttler

Inhaltsverzeichnis

Prolog

Sie spürte die Schreie mehr, als dass sie sie hörte. In der langen Zeit, in der sie das Kind schon pflegte, hatte sie einen untrüglichen Instinkt dafür entwickelt, wenn es sich in Not befand.

Louisa hastete den Flur entlang. Am liebsten wäre sie gerannt, doch das gehörte sich für eine Novizin nicht, die sich in Tugenden wie Geduld und Ruhe zu üben hatte. Endlich erreichte sie das Zimmer.

Als sie die Tür aufriss, sah sie ihn am Bett des Mädchens stehen. Er hatte sich über das tobende Kind gebeugt und es sah aus, als würde er es würgen. Sie stürzte vor, packte seine Schultern und riss ihn mit ganzer Kraft zurück. Doch blitzschnell hatte er sich befreit und schleuderte sie von sich. Sie taumelte rückwärts und stürzte zu Boden. Als er ausholte, um nach ihr zu schlagen, kroch sie verschreckt unter das Fenster und kauerte sich in die Ecke. Durch die offene Tür hörte man Stimmen hereindringen. Zornig ergriff er die Klinke und streckte ihr drohend die Faust entgegen.

»Sieh dich vor, Betschwester!«, brüllte er. »Niemand wird mich daran hindern, mir zurückzuholen, was mir gehört.« Er spuckte aus und trat einen Schritt näher auf sie zu. Seine Augen funkelten kalt, als er flüsternd fortfuhr: »Also überlege dir gut, was du vor Gericht aussagst, Nonne, und verwirr mir den Richter nicht wieder mit deinem irren Geschwätz, sonst lernst du mich kennen.« Als erneut Gelächter vom Flur hereinflog, drehte er sich um und floh.

Hart schlug die Tür hinter ihm zu. Die Stimmen gingen vorüber und verhallten in der Ferne des Ganges. Erst als man sie kaum noch hören konnte, war es Louisa möglich, sich zu rühren. Ihre Glieder schmerzten vor Anspannung und ihr Puls jagte ihr das Blut mit solchem Druck durch die Adern, als müsse es zwei Herzen versorgen statt einem.

Sie richtete sich auf und ordnete ihr weißes Gewand. Der Schleier war ihr vom Kopf gerutscht und gab ihr schönes nussbraunes Haar preis, das sie vor zwei Tagen freiwillig der Schere geopfert hatte. Zitternd griff sie nach dem kleinen Holzkreuz, das an einem einfachen Rosenkranz auf ihrer Brust baumelte, eine Geste, die sie zumeist sofort beruhigte. Sanft strichen ihre Finger über das Holz ... Nein, sie hatte keine Angst vor ihm. Es war die Betroffenheit über ihre eigene Wut, die ihr den Schrecken in die Glieder hatte fahren lassen. Angst hatte sie nur davor, nicht verhindern zu können, was er im Schilde führte, dieser schreckliche, unerträgliche Mann. Es war ihre heilige Pflicht, das Mädchen vor seinem Vater zu schützen. Vielleicht war das die

Prüfung, um die sie Gott gebeten hatte. Die Probe, die ihr endlich Klarheit bringen sollte, ob sie wirklich als seine Braut berufen war.

Das leise Wimmern traf ihr Ohr wie eine Mahnung. Schnell eilte sie zum Bett. Das Mädchen zuckte am ganzen Körper und sah mit verstörtem Blick ins Leere. Seit dem Unglück hatte es kein Wort mehr gesprochen, vegetierte stumm vor sich hin, geflohen in eine andere Welt.

Erst hatten die Ärzte von einem kurzen Koma gesprochen, ausgelöst durch einen Schock. Die Kopfverletzung, die das Mädchen sich bei ihrem Unfall zugezogen hatte, war jedoch nicht schwer gewesen, und als die Wunde abgeheilt war, hatte man sie körperlich für vollkommen gesund erklärt. Doch ihr Geist kehrte nicht in den Körper zurück. Etwas hielt ihn an einem anderen Ort gefangen, etwas, für das kein Arzt eine Erklärung fand. Abgespeist hatte man sie. Man vermute ein Wachkoma und erklärte mit Bedauern, dass es keine Garantie dafür gäbe, dass Rosalie je wieder erwachen würde. Sie solle sich keine allzu große Hoffnung machen.

So hatte man das Kind nach Wochen im Krankenhaus vorübergehend hier in der katholischen Jugendpflege untergebracht.

Das Kloster gehörte zu einem Verbund von Kranken- und Pflegeeinrichtungen, doch keine davon schien für diesen Fall wirklich zu passen.

Louisa pflegte Rosalie von Anfang an, und sie glaubte schon lange nicht mehr an einen Unfall. Die Besuche des Vaters hatten einen Verdacht in ihr genährt, den offen auszusprechen sie erst ein Mal gewagt hatte. Doch man hatte ihr kein Gehör geschenkt. Wer glaubte schon einer einfachen Krankenschwester und einst vielversprechenden Studentin, die aus unerklärlichen Gründen ihr Psychologiestudium kurz vor dem Examen abgebrochen hatte, um ins Kloster zu gehen?

»Schon gut, Rosalie.« Beruhigend streichelte sie die Hand des neunjährigen Mädchens. »Ganz ruhig«, beschwor sie es. »Er wird dir nichts tun. Nut und ich, wir werden auf dich aufpassen.«

Wie auf ein Stichwort flog die Tür auf und der grau-weiße Husky wurde von einer älteren Schwester, Therese, hereingeführt, die ihn im Park hatte auslaufen lassen. Sofort sprang der Hund ans Bett des Kindes und leckte ihm aufgeregt die salzigen Tränen von der Wange.

»Nicht doch, Nut«, rief Louisa und zog ihn sanft von der Matratze. Sofort legte er sich vor das Bett und gab Ruhe. Dort würde er sich bis zum Abendessen nicht mehr wegrühren. Kopfschüttelnd betrachtete sie das schöne Tier. Es war groß geworden, musste inzwischen fast ausgewachsen sein. Als Rosalie zu ihnen gekommen war, war Nut noch ein Welpe gewesen. Nachdenklich strich Louisa dem schönen Tier über den Rücken.

»Quält dich etwas, Kind?«, fragte Therese die ihr anvertraute junge Frau.

Doch Louisa wich dem forschenden Blick der älteren Nonne aus. Wie sollte sie ihr auch erklären, dass sie jetzt, eine Woche vor dem Ablegen der Gelübde zur ersten Profess, immer noch Zweifel hatte, ob sie das Richtige tat?

»Ein ungewöhnliches Tier«, flüsterte sie leise.

»Oh ja, ja ...«, antwortete die kluge alte Frau. »Ohne Zweifel, seiner Herrin treu ergeben.«

Louisa sah erstaunt auf und die Blicke der beiden Frauen trafen sich. Sofort erkannte sie, dass Therese sie längst durchschaut hatte. Die Andeutung auf Gott in ihren Worten war nur die hörbare Bestätigung ihres Verdachts.

»Was macht es den Tieren leichter?«, fragte Louisa die ältere Schwester.

»Sie haben keine Zweifel«, antwortete die schwarz gekleidete Ordensfrau und legte ihr die Hand auf die Schulter. »Sie handeln so, wie es ihnen vorgegeben ist. Uns hat Gott den Verstand gegeben. Wir haben die Freiheit selbst zu entscheiden, und diese Freiheit ist manchmal eine große Last.«

Wohlwollend sah Therese die junge Novizin an. Sie kannte den Kampf, der in ihrem Innern tobte. Jede von ihnen hatte ihn ausgefochten. So viel Zeit war inzwischen verstrichen ... Wo war sie nur geblieben?

Sie seufzte: »Geh. Geh, mein Kind, sprich mit ihm. Er wird dir antworten.«

★ ★ ★

Louisa kniete auf dem harten Boden vor dem Altar. Sie hatte sich während des Abendessens davongestohlen. Hinter den bunten Glasfenstern begann es bereits zu dämmern. Nur die dicken Altarkerzen warfen einen Kegel warmen Lichts in das düstere Kirchenschiff und sandten einen flackernden Gruß an die unzähligen kleinen Opferkerzen vor den Heiligenfiguren in den tiefen gotischen Fensternischen. Doch ihr Blick glitt heute an der Schönheit der ausgeschmückten Kirche vorbei und fiel sorgenschwer auf das silberne Ziborium auf dem Altar, das die Hostien für die Mitternachtsmesse enthielt.

Voller Inbrunst betete sie zu Gott, er möge die kleine Rosalie beschützen. Dieser grässliche Mann hatte bereits die erste Instanz um das Sorgerecht vor Gericht gewonnen, und alles deutete darauf hin, dass er auch die Berufung gegen das Jugendamt gewinnen würde. Was hatte sie ihm schon entgegenzusetzen außer einem Haufen Vermutungen?

Das Gericht verlangte eindeutige Beweise. Doch keiner der Ärzte wollte sich ihrer Theorie anschließen. Nicht ein einziges psychologisches Gutachten hatte sie auftreiben können. All diese hochverehrten Doktoren hatten Angst um ihren Ruf, den man so schnell verlor, wenn man an den Sesseln der Bequemlichkeit zu rütteln wagte.

Sie wusste nicht mehr ein noch aus. Die Kälte des Marmors hatte sich schmerzhaft in ihre Knochen gefressen. Doch sie würde sich nicht weg bewegen, bevor sie keine Antwort fand. Eher würde sie erfrieren.

Bald hatte sie keine Ahnung mehr, wie oft sie schon gebetet hatte. Ihr Geist stahl sich hinweg ... teilte sich ... Tiefe Meditation ließ sie sich selbst von oben sehen ... kniend vor dem Altar ... ein Schatten nur ... kaum sichtbar auf dem alten Stein.

Ein riesiger, leuchtender Vogel flatterte heran und ließ sich zwischen ihren Schulterblättern nieder. Sein schillernder Schatten fiel über sie hinweg auf die Marmorplatten und glitt am Fuße des Altars hinauf.

Er sah aus wie ein großer, goldener Kranich, reckte sich und schlug graziös mit den Flügeln. Dann streckte er den schlanken Hals in die Höhe und begann zu singen.

Es war ein heller, fremder Klang, der ihr Herz ergriff und die Mauern, die sie vor langer Zeit darum errichtet hatte, endlich ins Wanken brachte. Sie kehrte in ihren Köper zurück. Die Melodie wurde lauter und wärmer, schwoll an, verband sich mit ihrem Herzschlag, riss ihn aus dem vertrauten Rhythmus und benutze ihn als Instrument.

Ihr Blut rauschte durch ihren Körper, in ihren Ohren und hinter ihrer Stirn. Es war ihr unmöglich, weiter ruhig zu bleiben, und so kroch sie auf allen vieren zu den Stufen vor dem Altar. Der Rhythmus war so stark, dass sie sich hin und her geworfen fühlte, wie ein Schiff auf hoher See. Sie griff sich an die Brust, bekam keine Luft ... so stark, so unregelmäßig begann ihr Herz zu pochen und dann ... dann endlich verstand sie: Es war eine Botschaft!

Sie schloss die Augen und gab sich der Melodie ganz hin. Die Tonfolgen spielten mit ihrem Puls. Das war kein Pochen ihres Herzens mehr, das waren Morsezeichen, und was sie ihr verrieten, war so ungeheuerlich, dass sie die Grenzen ihres Glaubens erweitern, ja ganz neu würde ziehen müssen. Schwindel ergriff sie, und als sie vornüberkippte, suchten ihre Hände Halt.

Das kalte, hässliche Scheppern riss sie in die Wirklichkeit zurück. Als sie die Augen aufschlug, lag sie auf den Stufen des Podests, in ihrer Hand die feine weiße Spitze, die sie bei ihrem Sturz vom Altar gerissen hatte.

Das Ziborium war heruntergefallen und über die Stufen nach unten gekullert. Entsetzt sah sie, dass sich die Hostien überall auf dem blanken Boden verstreut hatten.

Mühevoll rappelte sie sich auf und ging zu der Stelle zurück, auf der sie zuvor gekniet hatte, um sie aufzulesen. Da erkannte sie, dass sie fast einen Kreis bildeten. Das konnte kein Zufall sein. Ein Zeichen? Sie sah genauer hin. Tatsächlich! Die Hostien hatten sich geradewegs um eine Figur im Mosaik des Bodens gruppiert. Es schien der seltsame goldene Vogel zu sein. Doch dann erkannte sie, was es wirklich war: ein Engel!

Sie hatte also nicht geträumt, sie hatte eine Erscheinung gehabt. Es war ein Engel gewesen, der Schutzengel Rosalies, der gerade mit ihr gesprochen hatte. Gott hatte sie erhört.

Eine verhasste Veranstaltung

Lili quetschte sich durch die Reihen der grölenden Schüler, die sich in den Plastiksitzen des Stadions tummelten. Als sie endlich den Gang erreicht hatte, erkannte sie mit Entsetzen, dass sie auf der Tribüne der Gastmannschaft gelandet war.

Die weiß-roten Schals und Wimpel schwirrten ihr um den Kopf wie riesige Fliegen, und der Beton unter ihren Füßen warf die Sommerhitze ohne Erbarmen zurück. Sie hatte das Gefühl, unter der unerbittlich brennenden Sonne langsam zu schmelzen. *Verdammt*, dachte sie. Nun würde sie sich noch einmal um das halbe Stadion herum auf die gegenüberliegende Seite durchschlagen müssen, wo Ariane und Cornelius bereits seit einer halben Stunde auf sie warteten.

Bevor sie zurückging, warf sie noch einen Blick auf die Leuchtanzeige. Es stand 24:32 für den Gast. Die *Golden Tigers* des Instituts für Hochbegabte und Personen mit besonderen Fähigkeiten würden sich etwas einfallen lassen müssen, sonst wäre dies das erste Endspiel seit drei Jahren, das die Basketballer nicht für sich entschieden. Und das ausgerechnet in einem Spiel, bei dem Späher von der amerikanischen Profiliga anwesend waren, wie es die Spatzen seit Tagen von den Dächern pfiffen.

Gerade als sie ihre Freunde vom *Geheimen Zirkel* erreichte und sich erschöpft auf den einzigen freien Sessel fallen ließ, erklang der Pausengong und signalisierte das Ende der ersten Halbzeit.

Enthusiastisches Jubelgeheul der gegnerischen Fans hallte über den Platz herüber und prallte auf stöhnendes Gejammer ihrer eigenen Leute, die sich frustriert erhoben und zu den Toiletten und Kiosken schoben.

Bis endlich ein wenig Ruhe einkehrte, hatte Lili zahlreiche Püffe im Nacken und endlose Tritte gegen ihr Schienbein erduldet und fragte sich, warum zum Teufel sie sich von Ariane hatte breitschlagen lassen, bei 30 Grad im Schatten an dieser Massenfolter teilzunehmen. Sie musste vollkommen verrückt gewesen sein. Und dann noch dieser Anruf, der Grund ihrer Verspätung, der sie in tiefe Unruhe gestürzt hatte!

Sie waren soeben in die neunte Klasse gekommen, hatten also ihr *drittes* Jahr am Institut für Hochbegabte und Personen mit besonderen Fähigkeiten vor sich. Lili seufzte. Unglaublich! Zwei Jahre waren sie nun schon ein Team. Ein Leben ohne Ariane und Cornelius konnte sie sich gar nicht mehr vorstellen. Und doch waren die letzten 24 Monate im Schatten der Ereignisse schneller versunken als Treibsand in der Wüste. Die vergangene Zeit hatte die Freunde unübersehbar geprägt: Lili war in ihrem Lehrstoff seit ihrem letzten Fall weit fortgeschritten. Ihr Selbstbewusstsein hatte zugenommen, sie war ernster und reifer geworden. Alles wies darauf hin, dass sie einmal in die Fußstapfen ihrer Ururgroßmutter Viola treten würde. Wenn sie nur endlich ihre Wut und ihren Trotz unter Kontrolle brächte.

Cornelius war im letzten halben Jahr um fast 20 Zentimeter in die Höhe geschossen. Er überragte die Mädchen jetzt um mehr als einen ganzen Kopf und seine Wangen wiesen einen ersten zarten Flaum auf. Sein enormes Wachstum hatte sich zwar stärkend auf sein Selbstbewusstsein, jedoch verheerend auf seine ohnehin ausnahmslose Ungeschicklichkeit ausgewirkt. Vorsichtshalber hatte man ihn vom Sport befreit, damit er nicht Gefahr lief, sich in sich selbst zu verknoten. So wenig er mit den neuen Dimensionen seiner Gliedmaßen umzugehen wusste, desto geschickter wurde er im Schreiben von Computerprogrammen. Nach wie vor war er nie ohne sein Notebook anzutreffen, das Bewunderer wie Neider inzwischen einhellig als sein *drittes Auge* bezeichneten. Er war auf dem besten Wege zum Genie.

Ariane hatte weder an Länge noch an Selbstbewusstsein gewonnen. Ihre Aufmüpfigkeit und ihr ausgeflippter Kleidungsstil hatten sich jedoch ein wenig gemäßigt. Ihr Interesse an den leidenschaftlichen Kämpfen mit Elisabeth von der Reute hatte in dem Maße an Gewicht verloren, wie ihr Interesse an Norman zugenommen hatte. Zurzeit herrschte eisiges Schweigen zwischen den Streithennen, denn Elisabeth hatte sich noch nicht von dem Schock erholt, den Kampf um die Gunst des ellenlangen Basketballers verloren zu haben.

Norman hatte unmissverständlich gezeigt, dass ihm Herz und Verstand wichtiger waren als Schönheit und einträgliche Beziehungen. Eine Einstellung, die für eine *von der Reute* jeder Logik entbehrte, denn Elisabeths Vater war Jurymitglied bei der Vergabe der Sportstipendien, was sie im Ringen um Normans Gunst geschickt für sich zu nutzen versucht hatte.

Arianes journalistischer Scharfsinn und ihr begnadeter Instinkt für Verbrechen hatten es ihr nach dem letzten Abenteuer des Geheimen Zirkels ermöglicht, ein Praktikum beim Tagesboten zu ergattern und zahlreiche nützliche Kontakte in der Branche zu knüpfen. Einige ihrer Artikel hatten ihr bereits die Aufmerksamkeit von Redakteuren wesentlich renommierterer Blätter eingebracht.

Vollkommen außer sich über den Punktestand reichte sie Lili das Popcorn herüber und goss sich den Rest ihrer lauwarmen Cola zwischen die vom Anfeuern ausgetrockneten Stimmbänder.

»Meine Güte, Lili, wo hast du denn nur so lange gesteckt? Die Jungs brauchen jetzt jeden Zuspruch, den sie kriegen können. Hast du eigentlich 'ne Ahnung, wie schwer es war, den Platz die ganze Zeit frei zu halten? Sieh mal, da vorne rechts, die Typen mit den schwarzen Blousons und den Baseballkappen. Norman sagt, das sind die Späher. Oh, Mann! Stell dir mal vor, die würden ihn holen. Das wär echt der Knüller. Immerhin hat er fast alle Körbe reingebracht. Das zählt. Selbst wenn wir verlieren, hätt er dadurch noch 'ne Chance auf Amiland.«

»Die Freude wäre ganz auf unserer Seite«, unterbrach Cornelius ihren Redefluss und brachte Nachschub an kühlen Getränken. »Dann müssten wir wenigstens nicht den ganzen Tag deine Heldenverehrung ertragen.«

Ariane funkelte ihn böse an. »Bloß kein Neid, Bruder«, fauchte sie. »Ich bin sicher, eines Tages erhört dich eine entzückende kleine IT-Tussi.«

Lili winkte ab. »Hört auf zu streiten. Das hält bei der Hitze ja kein Mensch aus.«

Ariane grinste. »Norman meint, die Hitze sei ganz gut. Die macht die Muskeln weich und die Verletzungsgefahr sinkt.«

»Ja, und das Hirn schmilzt gleich mit«, stichelte Cornelius muffig weiter.

Lili griff nach einer Wasserflasche. Die Hitze war einfach unerträglich. »Ich glaub, ich geh wieder.«

»Bist du irre?«, fuhr Ariane sie an. »Du bist doch gerade erst gekommen. Das ist das Spiel der Saison und ich schwöre dir, wir werden sie noch schlagen. Wo bleibt deine Loyalität?« Sie sprudelte geradezu über vor Energie.

Lili fragte sich, wie ihre Freundin das anstellte, wo sie selbst doch das Gefühl hatte, bei lebendigem Leibe zu braten.

»Wenn du gehst, komm ich mit«, rief Cornelius und entfachte damit einen erneuten Proteststurm Arianes.

»Was ist denn mit euch los? Seit wann seit ihr solche Weicheier?«

TUUUUUUUUUUUUT ...

Ihr Gemecker wurde von den Lautsprechern übertönt. Augenblicklich strömten die Schülermassen zurück zu ihren Plätzen. Damit war den zwei Freunden die Flucht vereitelt. An Durchkommen war jetzt nicht mehr zu denken. Resigniert fiel Lili auf ihre Sitzschale zurück. Der Schweiß tropfte ihr bereits aus den Haaren und lief ihre Schläfen herunter. *Pech gehabt*, dachte sie. Nun würde sie das Affentheater also bis zum bitteren Ende durchstehen müssen. Sie hasste Sportveranstaltungen!

Auf der gegenüberliegenden Seite begannen die Fans, mit lautem rhythmischen Klatschen und aufmunternden Parolen ihre Spieler zurück aufs Feld zu holen. Worauf Ariane sofort mit dem Rest der heimischen Tribüne zum Gegenangriff überging.

Lili hielt sich die Ohren zu und schottete ihr Bewusstsein ab. Wieder kam ihr der merkwürdige Anruf ins Gedächtnis.

Eine Novizin aus dem katholischen Kloster der Nachbargemeinde hatte sie um ein Treffen gebeten. Sie hätte einen Auftrag für Lili. Man bräuchte ihre Hilfe zur Rettung eines kleinen Mädchens namens Rosalie, das seit einem Brandunglück in ihrem Heim gepflegt wurde. Das Ganze hatte sich ziemlich verworren angehört, was Lili aber am meisten beunruhigte, war, dass die junge Novizin offenbar ihr Geheimnis kannte.

Das Treffen sollte morgen Nachmittag um halb vier in der alten Kapelle am See stattfinden. Was hatte das wohl zu bedeuten? Wenn diese Novizin wirklich auf ihre Eigenschaft als Grenzgängerin angespielt hatte, dann stand die Frage im Raum, woher sie davon wusste. Oder war das Ganze nur ein blöder Schülerstreich? Womöglich steckte Elisabeth dahinter?

Neben ihr sprang die Menge von den Sitzen und schrie laut einen Namen. Lili wurde aus ihren Gedanken gerissen. Die Anzeigetafel zeigte inzwischen 66:66 zwei Minuten vor Spiel Ende. *Weswegen also diese Aufregung?*, fragte sie sich.

Die Tribüne bebte und die Fans feuerten immer lauter einen Spieler an, der sich offensichtlich durch die feindliche Abwehr geschlagen hatte und nun wie ein Pfeil auf den gegnerischen Korb zuschoss. Nun wurde sie doch neugierig und erhob sich, um besser sehen zu können. Gerade wollte sie auf ihren Sitz klettern, um einen Blick aufs Spielfeld zu erhaschen, da ging ein Aufschrei durch die Menge, der sich mit dem Gong vermischte, der das Ende des Spiels verkündete. Ariane flog in ihre Arme und drückte ihr schier die Luft ab, während sie unaufhörlich »Ja, ja, ja!« schrie. Ein rhythmisches Klatschen begann. Inzwischen tanzten und tobten die Schüler um Lili herum auf ihren Sitzen: »Nor-man! Nor-man! Nor-man!« Dann begannen sie mit einem Mal, über die Sitzreihen ihrer Vordermänner hinweg zu klettern, und drängten aufs Spielfeld. Lili hielt sich die Arme schützend über den Kopf und kauerte sich zusammen. Waren die alle verrückt geworden? Da schrie Ariane ihr ins Ohr: »Ich muss nach unten. Wir sehen uns am Ausgang!«, und weg war sie.

Als die Woge endlich über sie hinweggefegt war, richtete Lili sich auf und rieb sich die schmerzenden Knochen. In der Sitzschale neben ihr entwirrte sich ein Knäuel aus Armen und Beinen, das voller Angst etwas inspizierte, was auf seinen Knien lag. Es war Cornelius.

»Die spinnen wohl.«, grummelte Lili wütend und sah nach unten, wo das Spielfeld voller Menschen war.

»Er hat's tatsächlich geschafft«, murmelte Cornelius anerkennend und zeigte auf die große Tafel, die nun blinkend vor Freude ein neues Ergebnis verkündete: 68:66.

»Gewonnen?«, fragte Lili erstaunt. »Wie haben wir denn das geschafft?«

Cornelius' Arm wies auf die rechte Seite des Spielfeldes, wo ein Trupp Schüler Norman auf seinen Schultern trug. »Fast break! Ich hab ja sonst nicht viel übrig für die Spezies Sportler. Aber *das* war ein sensationeller Sprint!«

Das ist es also gewesen, dachte Lili. *Ein genialer Korb in der letzten Minute.* Da vergaß selbst sie ihre blauen Flecken. »Respekt!«, lobte sie. »Trotzdem sehe ich jetzt zu, dass ich hier verschwinde.«

Cornelius nickte. Sie klaubten ihre Flaschen zusammen und suchten das Weite.

Eben erst hatten sie am Kiosk ihr Pfand eingelöst, da stieß Ariane schon zu ihnen. Ohne zu fragen riss sie Cornelius ein Snickers aus der Hand und biss herzhaft hinein.

»Haltet euch fest«, verkündete sie stolz. »Gerade eben kamen diese Typen in die Umkleidekabine. Sie haben Norman um ein Gespräch gebeten. Ich wette, sie holen ihn nach Kalifornien.«

»Und da freust du dich?«, fragte Cornelius verständnislos.

»Na logisch, was sonst?«

»Ich dachte nur, wegen ... schließlich ...« Aus Taktgefühl sprach er nicht weiter.

Lili grinste in sich hinein. Sie erahnte Arianes Antwort und tatsächlich: »Ne, oder? Nele!«, rief Ariane erstaunt. »In welchem Jahrhundert lebst du eigentlich? Andere Mütter haben schließlich auch schöne Söhne. Er kann sich doch wegen 'ner süßen Jugendliebe nicht die Chance seines Lebens entgegen lassen. Hast du etwa geglaubt, dass wir irgendwann heiraten und süße kleine Normans in die Welt setzen?«

Als sie Cornelius breit grinsend ansah, blieb ihr vor Erstaunen fast der Bissen im Halse stecken. Er schien tatsächlich total irritiert.

Unentschlossen zuckte Cornelius mit den Schultern. Die Mädchen von heute sollte einer verstehen. Wo blieb da die Romantik?

Lili beschloss, das Thema zu wechseln, damit nicht schon wieder ein Streit zwischen den beiden ungleichen Freunden entflammte. Dieser ewige Schlagabtausch ging ihr auf die Nerven. »Ich muss euch was erzählen.«

Sofort wurde Ariane hellhörig und ließ das Snickers sinken.

Wenn Lili so anfing, ging es in der Regel um ihre Gabe als Grenzgängerin. Als Mittlerin zwischen der Welt der Lebenden und der der Toten hatte sie viele Dinge erlebt, die die Abenteuer ihrer Altersgruppe bei Weitem übertrafen. Leider unterlag alles, was mit dieser Gabe zu tun hatte, der strengsten Geheimhaltung, was Ariane im Stillen immer wieder bedauerte. Denn wenn sie darüber berichten könnte, was sie an Lilis Seite erlebte, wäre sie bestimmt schon eine gefragte Reporterin. Besser noch, sie hätte längst einen Bestseller geschrieben. Doch ein Bund war ein Bund, und sie und Cornelius hatten geschworen, nie auch nur ein Sterbenswörtchen über Lilis Fähigkeiten zu verraten und ihr bei ihren Aufgaben immer beizustehen, so gut sie es eben vermochten. Aus diesem Grunde hatten sie den *Geheimen Zirkel* gegründet. Was hatten sie in den letzten zwei Jahren nicht alles erlebt ...

Doch bevor sie weiter ihren Gedanken nachhängen konnte, fing Lili auch schon an zu erzählen.

Als sie geendet hatte, ergriff Ariane abrupt den Arm ihrer Freundin. Lili blieb stehen.

»Rosalie? Hat sie wirklich Rosalie gesagt?«

»Ja, da bin ich mir ganz sicher. Warum?«

»Lass mich mal scharf überlegen. Da stand was in der Zeitung. Muss ungefähr 'n Dreivierteljahr her sein. – Ja, ich bin mir fast sicher. Ich hab's damals nur überflogen, weil ich so mit der Inkasache beschäftigt war. Aber da stand was von 'nem Familiendrama, bei dem ein kleines Mädchen verletzt wurde. Ihre Mutter und Großmutter sind, glaub ich, in den Flammen umgekommen. Nur der Vater hat überlebt.«

»Was? Wie kam es denn dazu?«, fragte Lili und fröstelte trotz der Hitze bei dieser schrecklichen Vorstellung.

»Keine Ahnung. Wie gesagt, hab's nur überflogen.« Gerade wollten sie ihren Weg fortsetzten, da hielt Ariane erneut an.

»Stopp, warte. Jetzt fällt's mir wieder ein. Da war irgendwas faul. Ich glaub, sie haben gegen den Vater ermittelt. Wegen Brandstiftung oder so ... Hat ihn das Sorgerecht gekostet, wenn ich mich nicht irre.«

»Du meinst, er hat seine eigene Familie abgefackelt?«, fragte nun auch Cornelius schockiert und riss die Augen auf.

Ariane zuckte mit den Schultern. »Ich bin mir nicht sicher, mehr fällt mir nicht mehr ein.«

»Fragt sich nur«, grübelte Lili, »was ich da jetzt noch retten soll?«

Ariane blieb wieder stehen: »Woher weiß die Kirchentante überhaupt von deiner Gabe? Da muss doch einer getratscht haben.« Unverhohlen sah sie Cornelius an, der sofort aus der Haut fuhr.

»Was glotzt du mich an? *Du* bist doch die Klatschreporterin.«

Ariane grinste breit. »Keep cool, Sunny«, versuchte sie ihn zu beruhigen. »Ich wollte mich nur vergewissern, dass du auch zuhörst.«

Doch der Scherz verfehlte seine Wirkung. Es war heute einfach zu heiß. Beleidigt drehte Cornelius sich um und schlurfte nörgelnd davon.

»Musste das sein?«, maulte auch Lili entnervt. »Musst du ständig mit allen Stunk anfangen?«

»Sorry, kann ich wissen, dass Monsieur heut so empfindlich ist?«

Gemeinsam eilten sie dem Freund hinterher.

»He Nele, jetzt wart doch mal!«, rief Ariane und schmiss im Laufen das Papier in den Müll. Als sie ihn erreichten, sah Cornelius sie abwartend an.

»Okay, war echt blöd von mir«, räumte Ariane ein und machte ein zerknirschtes Gesicht. »Muss am Wetter liegen.«

Grummelnd akzeptierte er. »Und was machen wir jetzt?«

»Wir packen's an, würde ich sagen«, riss Ariane sofort wieder das Ruder an sich. »Lili wird da auf keinen Fall alleine hingehen. Es ist zwar nur 'ne Novizin, aber man kann nie wissen.«

»Sie hat aber ausdrücklich verlangt, dass ich allein komme.«

Ariane zuckte mit den Schultern. »Dann agieren Nele und ich eben im Verborgenen. Du sagtest doch, die Kapelle sei katholisch. Wir könnten uns im Beichtstuhl verstecken«, grinste sie smart.

Lili sah unsicher zu Cornelius und wartete auf seine Zustimmung.

»An mir soll's nicht liegen. Da ist es wenigstens kühl.«

»Also dann, auf geht's! Vor dem Treffen bleibt noch eine Menge zu tun.«

Ihre Freunde sahen sie fragend an.

»Na!«, rief Ariane.« Wir sollten nicht ganz unvorbereitet ins Feld ziehen. Es ist immer besser, sich auf Fakten zu verlassen, als nur auf das zu hören, was ein Betroffener erzählt, und so wie es aussieht, ist die angehende Nonne persönlich engagiert in dem

Fall. Ich werde mich also noch heute ins Archiv des Tagesboten verziehen und mal alles sichten, was zu finden ist, und Nele könnte versuchen, sich in den Computer der Kripo zu hacken, um dort eine Akteneinsicht zu riskieren.«

Der Vorschlag war mehr als forsch und Lili erwartete jeden Moment laute Proteststürme von Cornelius. Doch wieder hatte Ariane die Lage und ihren Freund richtig eingeschätzt.

Ein Trip in die Höhle des Löwen, sprich ins Revier des Gesetzes selbst, das war der Adrenalinschub schlechthin für einen Hacker. Begeistert stimmte Cornelius zu.

Sie machten ihr Zeichen und beschlossen, sich am nächsten Tag um drei Uhr genau unter der hundertjährigen Eiche zu treffen, die ihnen gerade Schatten spendete.

Als Cornelius und Ariane abgezogen waren, ging Lili erst mal auf ihr Zimmer. Sie brauchte jetzt dringend eine kalte Dusche.

Seltsames Treffen

Mächtige Kumuluswolken türmten sich am Himmel. Der Wind hatte aufgefrischt und scheuchte einzelne Fetzen vor sich her. Ihre Schatten huschten über die Kieswege und Rasenplätze in Richtung See. Alles deutete darauf hin, dass es heute Abend ein Gewitter geben würde.

Lili hatte das Gefühl, als spiegele das Wetter den Aufruhr ihres Inneren wider. Trotz ihrer Aufregung zwang sie sich zu einem langsamen Schritt und schlenderte auf die Kapelle zu, auf deren Zwiebelturm der Wetterhahn quietschend hin und her flog. Ariane und Cornelius hatten sich gerade hineingestohlen, als Lili eine junge Frau in weißer Novizentracht auf die Kirchentür zueilen und dahinter verschwinden sah.

Puh, dachte sie. *Das war knapp.* Voller Spannung auf das, was sie gleich hören würde, schlüpfte auch sie in die kleine, prunkvoll ausgeschmückte Kapelle. Durch die bunten Kirchenfenster setzte der Wind seine Schattenjagd auf unheimliche Weise fort. Die Novizin saß in der dritten Reihe. Lili ging langsam nach vorne und setzte sich neben sie.

Als die junge Frau ihr das Gesicht zuwandte und die Hände von dem Holzkreuz auf ihrer Brust löste, fiel alle Sorge von Lili ab. Zwei beherzte blaue Augen sahen sie an. Auch die Stimme der Novizin klang klug und gebildet, ließ jeden Hauch von Fanatismus oder Weltentfremdung vermissen. Lili war nun völlig entspannt.

»Vielen Dank, dass du gekommen bist, Lili. Sicherlich fandest du meinen Anruf sehr merkwürdig.«

Lili stieg die Röte in die Wangen.

»Ja das stimmt, Schwester ...?«

»Oh!«, rief die Novizin entschuldigend. »Louisa. Und die *Schwester* kannst du dir sparen. Ich habe die Gelübde noch nicht abgelegt.«

Lächelnd zog sie ihren Schleier ab und zeigte ihren braunen Pagenkopf, und tatsächlich fühlte Lili sich jetzt viel wohler. Die junge Frau verstand es, Vertrauen aufzubauen. Aus ihr würde sicher einmal eine gute Nonne werden.

»Wenn du erlaubst, komme ich gleich zur Sache«, fuhr Louisa fort und begann zu erzählen. Sie redete eine ganze Weile, und Lili hörte ihr zu, ohne sie zu unterbrechen. Ja, sie vergaß sogar die Anwesenheit der Freunde, die in ihrem Versteck hinter den scharlachroten Samtvorhängen ebenfalls gebannt lauschten, so gefesselt waren sie alle von der Geschichte, die Louisa vortrug.

Erst als die Novizin an der Stelle anlangte, wo ihr der leuchtende Vogel erschien, wurde Lili ein wenig mulmig. Noch bevor die Frau ihre Erkenntnis schilderte, wusste Lili, was dieses Bild zu bedeuten hatte, und nachdem Louisa geendet hatte, zweifelte sie nicht mehr an deren Aufrichtigkeit. Vor allem war ihr jetzt klar, woher Louisa von ihrer Fähigkeit als Grenzgängerin wusste. Ohne es selbst zu merken, begann sie bei den letzten Worten der Novizin verständnisvoll zu nicken.

»Und Sie glauben wirklich, dass der Vater von Rosalie ein Verbrechen begangen und sie sich deswegen in so eine Art Traumwelt zurückgezogen hat?«, fragte sie beeindruckt.

»Ich würde meine Hand dafür ins Feuer legen. Ihr Vater ist ein abgrundtief schlechter Mann. Die Spielsucht hat sein Herz zerfressen, und ich bin sicher, dass er Rosalie etwas antun wird, wenn wir sie nicht dazu bringen können, den Ort, an den ihr Bewusstsein sich geflüchtet hat, zu verlassen. Nur wenn das Mädchen eine Aussage vor Gericht macht, wissen wir *wirklich*, was passiert ist.«

»Und die Ärzte haben sie für vollkommen gesund erklärt?«

»Ihrer Meinung nach liegt kein organischer Defekt vor, der ein Koma rechtfertigen würde. Sie haben keine Erklärung, aber natürlich will das niemand unter Eid aussagen. Wer in diesem Beruf öffentlich Unkenntnis zugibt, macht sich unglaubwürdig. Er hätte keine Zukunft mehr.« Unruhig spielten Louisas Finger mit den Perlen des Rosenkranzes. »Es muss an diesem verflixten Mittwoch außer dem Feuer noch etwas anderes vorgefallen sein, das Rosalie so schockiert hat, dass sie es vorzog, sich in seelisches Niemandsland zu flüchten. Und es muss mit ihrem Vater zu tun haben«, bekräftigte sie und umfasste wieder fest das dunkle Kreuz auf ihrer Brust. »Warum sonst würde sie jedes Mal bei seinen Besuchen in heillose Panik verfallen? Die Staatsanwaltschaft und das Jugendamt sind in diesem Punkt mit mir absolut einig. Nur beweisen können wir es nicht, und deshalb wird dieser ...«, sie bekreuzigte sich schnell, »... dieser Teufel auch das Berufungsverfahren gewinnen und das Sorgerecht zurückerhalten. Das wäre für Rosalie eine Katastrophe.«

»Und warum hat der Schutzengel von Rosalie Sie zu mir geschickt? Ich meine, warum ist er nicht selbst an mich herangetreten?«

»Ich weiß es nicht. Vielleicht weil meine Leitung gerade offen war«, mutmaßte Louisa und wies entschuldigend mit der Hand nach oben. »Ihr Schutzengel hat gesagt, Rosalie zu retten stünde nicht mehr in seiner Macht, und die Einzige, die helfen könnte, wärest du. Er sagte, ich solle an diese Schule gehen und das Mädchen mit dem flammenden Haar holen. Die Sekretärin am Telefon meinte, dass du die Einzige wärest, die damit gemeint sein könnte.« Sie drückte Lilis Hände. »Glaube mir, es tut mir leid, dich da mit reinzuziehen, und ich habe auch nicht die geringste Ahnung, was das alles bedeutet. Aber wenn es nur eine winzige Hoffnung gibt, Rosalie vor diesem Mann zu bewahren, dann muss ich sie ergreifen.«

Lili starrte sie an. Noch in keinem anderen Fall des *Geheimen Zirkels* war sie aufgefordert worden, die Schwelle zur anderen Welt, der Welt hinter dem Tor, zu betreten. Beim ersten Mal war sie es selbst gewesen, die entschieden hatte, diesen Schritt zu wagen, und gehofft hatte, dass man ihr Einlass gewähren würde. Beim zweiten Mal hatte Arianes Vater sie zu Hilfe gerufen. Doch noch *nie* hatte ein Wesen der anderen Welt persönlich nach ihr geschickt. Hieß das vielleicht, dass sie endlich die Prüfung bestanden hatte, dass die Leuchtenden sie jetzt als vollwertige Grenzgängerin anerkannten? Lag es von nun an womöglich nicht mehr in ihren Händen, sich für einen Fall zu engagieren? War nun aus der Begabung eine Verpflichtung geworden, die zu erfüllen sie berufen war? Sie schwankte zwischen Stolz und Sorge. Es gab nur eine Möglichkeit, das heraus zu finden, nämlich, sich der Aufgabe zu stellen.

Sie sah Louisa direkt in die Augen. »Ich werde darüber nachdenken«, sagte sie ernst. »Wenn es stimmt, was Sie sagen, werde ich schon bald eine gewagte *Reise* machen. Dazu werde ich einige Menschen einweihen müssen.«

»Damit habe ich gerechnet«, flüsterte Louisa und man sah ihr an, dass dieser Umstand sie beunruhigte. »Wenn es geht, wäre ich dir sehr verbunden, wenn meine Beteiligung an dieser ...«, sie suchte nach dem richtigem Wort, »... dieser Sache unter uns bleiben könnte oder zumindest nicht über den Kreis hinaus öffentlich wird, den du hinzuziehen musst.«

Lili ahnte, was das bedeutete. »Ihr Chef ... äh, Ihre Äbtissin weiß also nicht, was Sie vorhaben?«

»Nein«, gab Louisa unumwunden zu. »Und ich fürchte, sie würde es auch nicht gutheißen.« Sie seufzte. »Weißt du, ich verehre sie sehr, wirklich«, bekräftigte sie. »Aber die katholische Kirche ist nicht so aufgeschlossen, was ... hmmm ...« Wieder suchte sie nach einem Wort, das Lili nicht beleidigen würde.

»Was *alternative Methoden* betrifft?«, half diese ihr und musste grinsen. Der Ausdruck stammte von Ariane. Sie hatte ihn benutzt, als Marla, Lilis Mutter, ihr unmissverständlich klarmachen wollte, dass sie von diesem ganzen *Hexenkram*, den Esther und seit Neuestem auch ihre Tochter betrieben, nichts hielt. Absolut gar nichts.

Auch über Louisas Gesicht flog nun ein breites Lächeln. »Richtig«, bestätigte sie. »Solch *alternative Methoden* zu tolerieren oder überhaupt für möglich zu halten, ist nicht unbedingt das, was man von mir erwartet.«

»Verstehe.« Lili reichte Louisa die Hand zum Abschied. »Ich kann Ihnen nichts versprechen, aber ich werde tun, was mir möglich ist.«

Louisas Augen leuchteten auf. »Was immer du für nötig hältst. Wenn ich irgendwie behilflich sein kann, weißt du ja, wo ich zu finden bin. Und bitte, tu mir einen Gefallen und hör endlich auf, mich zu siezen.«

Lili stand auf und lächelte, obwohl ihr überhaupt nicht nach Lächeln zumute war. Während sie sich aus der Bankreihe schlängelte, kamen ihr die ersten Zweifel. Wie kam sie dazu, dieser ahnungslosen Novizin Hoffnungen zu machen, wo sie nicht einmal wusste, was von ihr erwartet wurde?

Als sie aus der Reihe trat, zuckte draußen ein greller Blitz über den Himmel. Gleich darauf krachte ein Donnerschlag gegen die dicken Mauern und ein Platzregen begann, auf das Kirchendach zu trommeln. Plötzlich konnte man hier drinnen kaum noch die Hand vor Augen sehen. Lili wandte sich noch einmal um.

»Wann ist der Prozess?«, schrie sie gegen das Toben des losbrechenden Unwetters an.

»Nächsten Montag.«

Das war in genau einer Woche. *Sieben Tage*, dachte sie. *Nur sieben Tage!*

Erste Recherchen

»Okay, fassen wir also zusammen«, erklärte Ariane und begann unruhig im Zimmer auf- und abzulaufen. »Was Louisa dir gesagt hat, unterscheidet sich im Wesentlichen nicht von dem, was wir schon aus den Zeitungsartikeln wussten. Ich meine, bis auf die Sache mit ihrer Erscheinung natürlich.«

Sie hatte die halbe Nacht recherchiert und eine Zusammenfassung der Informationen vor dem Treffen an ihre Freunde weitergegeben.

»Folgende Fakten sind uns bekannt: In Rosalies Zuhause wohnten außer ihr selbst noch ihre Mutter, ihre Großmutter und ihr Vater sowie ein Hundewelpe. Aus bisher ungeklärten Gründen ging das Haus in der Nacht zum 16. Dezember in Flammen auf. Überlebende sind: Rosalies Vater, der sich nicht im Haus befand, weil er angeblich in einer benachbarten Scheune seinen Rausch ausschlief, und Rosalie, die von einem Feuerwehrmann aus dem Flur des Erdgeschosses gerettet wurde, nachdem ein herabstürzender Balken sie am Kopf getroffen und sie das Bewusstsein verloren hatte. Wie man vermutet, war sie ihrem kleinen Hund nach draußen gefolgt. Umgekommen ist die Mutter, deren Leiche im Dachgeschoss, in Rosalies Zimmer, gefunden wurde. Man vermutet, dass sie nach oben lief, um ihre Tochter zu retten. Der Rückweg war ihr durch die brennende Treppe versperrt. Außerdem starb die Großmutter im Erdgeschoss. Rosalies Vater behauptet, dass *sie* den Brand ausgelöst hat. Seiner Schilderung nach war die alte Dame bettlägerig und nicht mehr ganz bei Sinnen. Zudem war sie, wie sich später herausstellte, auch stinkreich. Da sie nicht schlafen konnte, las sie fast immer bis spät in die Nacht hinein ein Buch mit einer brennenden Kerze auf dem Nachtisch. Er ist davon überzeugt, dass sie eingeschlafen ist und vergessen hat, die Kerze zu löschen. Die Ermittlungen der Feuerwehr weisen in dieselbe Richtung, der Verdacht konnte aber nie wirklich bestätigt werden, genauso wenig, wie die Frage, warum sich Rosalie mitten in der Nacht auf der Etage ihrer Großmutter und nicht in ihrem Bett befand.«

Ariane machte eine Pause und trank einen Schluck Mineralwasser aus der Flasche. Die Schwüle, die das Gewitter hinterlassen hatte, war noch schwerer zu ertragen als die vorangegangene Hitze. Lili und Cornelius stöhnten. Ariane war eine Meisterin der Detektivarbeit. Ihr zu folgen erforderte äußerste Konzentration. Die Flasche knallte hart auf den Tisch zurück.

»So weit, so gut«, fuhr Ariane unbarmherzig fort. »Da das Unglück zwei Menschenleben gekostet hat und Brandstiftung nicht vollständig auszuschließen war, begann die Staatsanwaltschaft zu ermitteln. Bald fand man heraus, dass Rosalies Vater ein krankhafter Spieler und bis über beide Ohren verschuldet ist. Nachdem der Notar ihm eröffnet hatte, dass seine Mutter ihr gesamtes Vermögen der kleinen Rosalie hinterlassen hat, betrank er sich und machte im Vollrausch einige rätselhafte Bemerkungen.« Ariane las aus einer Kopie der Akte vor: »*Und das alles für umme!* Das kam dem Wirt äußerst verdächtig vor und er meldete den Vorfall der Kripo. Später schlug der Vater den Versicherungsvertreter krankenhausreif, als dieser ihm mitteilte, dass die Versicherung so lange nicht zahlen würde, bis der Verdacht auf Brandstiftung ausgeräumt sei. Damit wurde er vollends verdächtig. Bei der Anklage auf vorsätzliche Körperverletzung unterstellte ihm der Staatsanwalt, dass er die Hand bei dem Brand im Spiel gehabt habe, um mit dem Vermögen seiner Mutter und der Versicherungssumme seine Spielschulden zu begleichen. Nachweisen konnte man ihm das aber leider nie, da die einzige Zeugin, Rosalie, aufgrund ihres gesundheitlichen Zustandes bisher nicht vernommen werden konnte.«

Wieder warf Ariane einen Kontrollblick in das vor ihr liegende Papierchaos. »Um das Mädchen zu schützen, entzog man dem Vater das Sorgerecht mit der Auflage, dass er trocken und wegen seiner Spielsucht therapiert sein müsse, um es zurückzuerhalten. Die Kleine kam aus rätselhaften Gründen bis heute nicht mehr zu Bewusstsein und wurde ins Kindersanatorium des Klosters eingewiesen.«

Ariane ließ sich aufs Bett plumpsen und stützte ihre Ellenbogen auf ihren Schenkeln ab. »Ziemlich harter Tobak, findet ihr nicht?«

Lili wickelte sich nachdenklich ein paar Locken um den Finger und Cornelius begann, hektisch seine Brille zu putzen, wie er es immer noch tat, wenn ihn etwas sehr bewegte. Bevor ihre Freunde jedoch etwas sagen konnten, zog Ariane schonungslos ihr Resümee: »Und das Ende vom Lied: Keiner hätte gedacht, dass ein Suffkopf wie Rosalies Vater tatsächlich den Mumm aufbringt, den Entzug und die Therapie durchzustehen, um dann mit allen Mitteln um das Sorgerecht zu kämpfen. Ehrlich, da wundert's einen nicht, dass Louisa sich fragt, wieso Rosalie bei den Besuchen ihres Vaters regelmäßig ausrastet und warum ein arbeitsloser Ex-Alki und Spieler so scharf drauf ist, das Sorgerecht für ein Kind an sich zu reißen, das seit Monaten in einem Heim vor sich hinvegetiert.«

Lili sah sie streng an und wollte etwas sagen. Arianes respektlose Ausdrucksweise brachte sie immer wieder in Rage.

Doch wieder ließ Ariane keine Gelegenheit zur Antwort, womit sie sich langsam aber sicher Ärger zuzog.

»Die Nonne fleht also Gott um Hilfe an, woraufhin ihr in einer Vision Rosalies Schutzengel erscheint und sie bittet, Lili zu Hilfe zu holen.«

Erneut griff sie zur Sprudelflasche.

»Das wär's bis hierhin«, sagte sie erschöpft, bevor sie die Flasche noch einmal an die Lippen setzte und bis auf den Grund leer zog. Beim Absetzen entfuhr ihr ein leiser Rülpser.

Ihre Freunde stöhnten gereizt auf und Lili sprach aus, was sie beide heimlich dachten. »Also schön, das sind eine Menge Informationen, aber die wichtigsten Fragen werden trotzdem nicht geklärt: Warum wollen die Leuchtenden sich einer Grenzgängerin bedienen? Und warum hat Rosalie sich in ihren Elfenbeinturm zurückgezogen?«

Die Gründe mussten schwerwiegend sein, das war klar. So kam der Geheime Zirkel zu demselben Schluss, zu dem Lili auch allein gekommen war: Sie musste durchs Tor und herausfinden, was die Leuchtenden von ihr wollten. Da nicht viel Zeit blieb, mussten sie zudem sehr schnell handeln.

Mühsam erhob Lili sich vom Boden und sah forschend zu ihren Freunden. Ohne zu sprechen sah sie, dass sie sich einig waren.

»Dann geh ich jetzt zu Leonore«, flüsterte sie müde. »Ariane, kannst du Esther und Bellinda anrufen?«

»Klaro«, antwortete die Freundin und zückte sofort ihr Smartphone. Auch sie wurde nun vom Ernst der Lage ergriffen.

Als Lili zu Cornelius blickte, nickte er nur.

»Ich werde alles vorbereiten«, versprach er und erhob sich schwerfällig. Besorgt machten sie ihr Zeichen. Die Reise, die Lili bevorstand, war alles andere als einfach.

Das Tor der geflügelten Stiere

Als Lili sich dem langen Silberband des Wirbels entwand und die Welt jenseits des Tores betrat, war Markwards Stuhl leer.

Zum ersten Mal erkannte sie, dass es sich um einen Schaukelstuhl handelte, der mit mystischen Schnitzereien verziert war. Gerade wollte sie näher an das seltsame Möbel herantreten, da stand der Wächter plötzlich neben ihr.

»Lili!«, rief er erleichtert und schlug die Hände vor der Brust zusammen. »Ich dachte schon, mir wär ein Unbefugter durch die Maschen gerutscht.«

Er schien älter geworden zu sein, zarter, gebrechlicher, und stützte sich keuchend auf einen Stock, der ebenfalls mit seltsamen Symbolen übersät war.

»Wie schön, dass du uns wieder besuchst. Man hat dich bereits angekündigt, dass du allerdings so schnell hereinschneist, damit hatte ich nicht gerechnet. Was gibt es denn diesmal?«

»Tja, wenn ich das wüsste«, sagte Lili und betrachtete besorgt ihren alten Freund. »Wie geht es dir, Markward? Du siehst müde aus.«

»Ach«, wehrte er ab. »Die Zeiten stehen auf Sturm. Auch der Himmel ist nicht mehr das, was er einmal war. Pannen und Patzer an jeder Ecke. Um alles muss man sich selber kümmern, dabei ist es mir eigentlich streng verboten, die Wache zu verlassen. Als wenn wir nicht schon genug zu tun hätten mit den Verstorbenen.«

»Wieso?«, fragte Lili irritiert »Um wen kümmert ihr euch denn noch?«

Markward sah sie erstaunt an, dann wischte er sich kurz mit der Hand über die Augen, als sei ihm klar geworden, wieso sie als Grenzgängerin so etwas fragen konnte.

»Tsss. Ich werde alt. Natürlich, du bist ja noch so jung. Einen Augenblick hatte ich gedacht, Viola stände vor mir. Die Antwort auf deine Frage ist: Viele von uns haben auch Aufgaben an den Lebenden zu vollbringen, zum Beispiel die Schutzengel, die euch Menschen zur Seite gestellt sind. Aber die Armen haben es immer schwerer.«

»Habt ihr eine Ahnung, woran das liegt?«

Markward breitete dramatisch die Arme aus und ließ sie dann wieder fallen. »Schlechte Verbindungen«, hauchte er kopfschüttelnd. »Immer schlechtere Verbindungen. Die Menschen glauben einfach an nichts mehr. Zu viele verlorene Seelen auf eurer Seite. Nicht einmal den Kindern lassen sie noch ihre Unschuld. Es ist zum Verzweifeln.«

Leise vor sich hinmurmelnd ließ er sich in seinen Stuhl sinken und begann traurig zu schaukeln.

Lili hatte das Gefühl, als merkte er es gar nicht.

Armer Markward, dachte sie voller Mitleid. Er hatte recht. Sie erlebte es ja selbst jeden Tag. Im Zeitalter von Technologie und Multimedia schienen alle Rätsel gelöst, alle Geheimnisse entzaubert. Die Menschen gaben im Internet mehr von sich preis, als sie ihrer eigenen Mutter oder ihrem besten Freund je anvertrauen würden. Und das, obwohl doch jeder genau wusste, dass Vertrauen und Privatsphäre das Einzige war, das man im Netz ganz bestimmt nicht fand. Das alles schien den armen Markward langsam zu zermürben.

Kaum wagte Lili, ihn noch einmal zu stören, doch sie konnte Smolly nirgends entdecken und so beugte sie sich sachte hinunter und flüsterte dicht an seinem Ohr: »Es tut mir leid, aber könntest du mir vielleicht noch sagen, wo ich hin muss?«

Der müde Wächter schaute sie eine Sekunde verwirrt an, dann sprang er von seinem Stuhl auf.

»Lili, mein Kind«, rief er aufgeregt. »Bin ich etwa eingeschlafen? Ich törichter alter Wurm. Vielleicht sollte ich meinen Posten langsam einem Jüngeren überlassen. Ich muss dich um Verzeihung bitten. Da wollen wir doch einmal sehen, ob mir schon Weisung vorliegt.«

Er hob seinen Stock und schwang ihn durch die Luft. Wie von Zauberhand erschienen zarte silberne Buchstaben. »Da haben wir es ja«, murmelte er zufrieden und führte den Stock zurück zum Boden, woraufhin die Silberfäden augenblicklich verblassten. Voller Freude und mit einem Hauch väterlichen Stolzes funkelten seine Schildkrötenaugen sie an.

»Na sieh mal einer an, du hast es also geschafft. Sie haben dich gerufen und zwar in die zweite Ebene. Gratuliere!«

Lili errötete. Sie hatte richtig vermutet! Endlich würde sie also die Ebenen des Lichts kennenlernen. Wieder sah sie sich um. Wo blieb nur Smolly? Wurde ihr womöglich nun ein anderer Führer zugeteilt? Ihr Puls flatterte nervös. Auf keinen Fall durfte sie noch mehr Zeit verlieren. Markward beobachtete sie schmunzelnd und legte ihr die Hand auf die Schulter. Da war er wieder, der vertraute, überlegene Freund und Wächter.

»Er wurde aufgehalten«, beruhigte er sie. »Wird gleich da sein.«

Erleichtert atmetet Lili auf, als sie Smollys vertrautes Schimmern auf sich zu rasen sah. Er bremste so dicht vor ihrem Kopf, dass sie sich duckte.

»Bitte vielmals um Entschuldigung«, grüßte er sie außer Atem und putzte sich die immer triefende Nase. »Hab kurzfristig 'nen Kollegen vertreten müssen.«

Lili war überglücklich, ihn zu sehen, und stürzte sich vor Aufregung in seine winzigen Arme.

»Smolly!«, rief sie. »Na endlich.«

»Nur nicht übertreiben, Süße«, sagte er flapsig und versuchte, seine Rührung zu verbergen. »Du hast doch nicht etwa gedacht, der alte Smolly würde dich im Stich lassen, jetzt, wo man dich endlich herzeigen kann?« Ein breites Grinsen flog über sein Gesicht.

Er hatte es also auch schon gehört.

»Was ist, Alterchen«, wandte er sich liebevoll an Markward, »könntest du die Sache ein wenig beschleunigen? Wir sind spät dran. Und Lili soll doch einen guten Eindruck machen, oder nicht?«

Markward nickte und verabschiedete sich von Lili, und so, wie er es tat, wusste sie sofort, dass sie ihn auf dem Rückweg vielleicht nicht mehr antreffen würde. Er würde nicht zulassen, dass ihm so ein Schnitzer noch einmal passierte. Bevor sie etwas sagen konnte, hob er den Stock, und im selben Augenblick riss ein Wirbel sie davon.

★ ★ ★

Als sie wieder zu sich kam, stand sie auf dem farbenreich schillernden Strom hinter der Einlasspforte, die sie bei ihrem ersten Besuch so fasziniert hatte. Nun, aus der unmittelbaren

Nähe, sah sie, was es wirklich war: eine nicht enden wollende Flut von Lichtreflexen, die in Wellen aus dem Nichts hervorglitzerten. Ein Sternenteppich! Gewoben aus unzähligen Lichtern verschiedener Größe und Leuchtkraft. Sobald ein Verstorbener den Pfad betrat, stoben sie auf, umflatterten und umtanzten ihn wie riesige, herrliche Schmetterlinge und bildeten um sein Haupt einen funkelnden Kranz. Dann löste sich einer aus dem Reigen, setzte sich dem Heimgekehrten auf die Stirn und verschmolz dort mit ihm.

Es war ein Spektakel von solcher Anmut, Schönheit und Grazie, dass es Lili tief im Herzen berührte. Es war die Wiedervereinigung der heimgekehrten Seele mit ihrem höheren Ich, das jeder Mensch beim Eintritt ins irdische Leben zurücklassen muss. All die Erinnerungen und Errungenschaften vergangener Leben, mit denen er sich nun wieder verband um sich zu erneuern ... nur um sich dann, nach dem Durchschreiten des Erkenntnispfades, abermals zu trennen – ein ewiger Kreislauf des Wachsens und Werdens!

Lili war beeindruckt. Darüber zu lesen und es selbst zu erleben, das waren zwei Paar Stiefel.

Sie und Smolly folgten dem Sternenpfad, der nun sanft und spiralförmig anstieg, bis sie in eine große Halle kamen.

Vor ihnen ragte ein gewaltiges Tor in die Höhe, dessen Bögen aus zwei riesigen geflügelten Stierwesen bestanden, die am oberen Torbogen mit ihren Hörnern aneinanderstießen. Mit den imposanten Flügeln, die zwischen ihren Schulterblättern hervorwuchsen, versperrten sie den Durchgang wie Soldaten mit ihren Lanzen. Zwischen den glänzenden Federn schimmerte rötlich goldenes Licht hervor.

Lili wusste sofort, dass sie an das Tor der ersten Ebene gelangt waren. Die Missionare in ihren weißen Kutten verabschiedeten sich hier von den Verstorbenen, wiesen sie an zu warten und waren dann auf seltsame Art und Weise plötzlich verschwunden.

Die stierähnlichen Wächter ließen die Gruppe nicht aus den Augen. Erst als von innen her ein tönender Befehl erschallte, öffneten sie mit einem rauschenden Schlag ihrer Flügel das Tor und ließen eine Hand voll Leuchtender hinaus, die sich der Wartenden annahmen.

Lili fehlten die Worte. Sie stand wie hypnotisiert. Hunderte Engelsbilder und Statuen hatte sie schon gesehen, in Kirchen, Museen, auf Postkarten … Doch nichts kam dem gleich, was sie nun erblickte. Kein Wunder, dass man sie *Leuchtende* nannte! Die Aura dieser Engelwesen strahlte so hell, dass man die Gestalt inmitten des Scheins nur erahnen konnte. Ihr Antlitz, wie unter einem zarten Schleier versteckt, drückte Sanftmut und Liebe aus. Ihr Licht hüllte die Verstorbenen ein wie eine zärtliche

Umarmung. Ihre Gesten waren singend und schwerelos. Man wurde nicht angefasst und doch berührt.

In dieser himmlischen Sphäre entzog sich das Wesen der Dinge dem menschlichen Auge. Und dennoch konnte man *sehen*, auf neue, alte Weise: mit dem Herzen. Denn das Auge kann nur den *Schein*, das Herz aber das *Sein* erkennen. So führten die Engel die Menschenseelen durch das Tor.

Voller Wehmut stand Lili inmitten des Geschehens und die Szene schnürte ihr die Kehle zu.

Nach und nach waren alle Neuankömmlinge abgeholt worden. Was war mit ihr? – Da bohrte sich unsanft ein Finger in ihre Schulter. Sie schreckte auf und blickte direkt in Smollys wachsame Augen. Einen Augenblick wusste sie nicht, wer er war und wo sie sich befand, doch dann traf die Erkenntnis sie wie ein eisiger Faustschlag: Sie war hier nur Gast! Niemand würde kommen und sie holen. Eine unendliche Traurigkeit überfiel sie. Am liebsten hätte sie kehrtgemacht und wäre geradewegs in Esthers Arme gestürmt, um sich trösten zu lassen. Doch der unerbittliche Finger bohrte sich noch tiefer in ihr Fleisch und der Schmerz brachte sie zur Besinnung.

»Was ist?«, hörte sie Smollys schnittige Stimme. »Willst du hier weiter Trübsal blasen oder willst du tun, wozu du gerufen wurdest?«

Wütend fuhr Lili herum. Was bildete der Kerl sich ein? Doch im gleichen Augenblick, als sie Smollys tanzende Pupillen sah, erkannte sie, dass sie ihm auf den Leim gegangen war. Genau das war seine Absicht gewesen, dass sie zornig wurde und wieder zu sich kam, und er hatte recht. Sie durfte ihr Ziel nicht aus den Augen verlieren. Entschuldigend zuckte sie mit den Schultern, holte tief Luft und wies ihn an voranzufliegen.

»Mach dir nichts draus«, tröstete er. »Deiner Ururgroßmutter ist es beim ersten Mal genauso ergangen. Die hat die Sehnsucht glatt umgehauen. Doch da hilft alles nichts. Du bist nun mal 'ne Grenzgängerin, da heißt es nüchtern bleiben.«

Lili winkte schnell ab und richtete sich auf. Weg mit all den Sentimentalitäten. Sie würde noch lernen, sich rechtzeitig zu wappnen. Von jetzt an würde sie in keine Falle mehr tappen. Festen Schrittes folgte sie Smolly und schritt durch das Tor, das sich hinter ihnen sofort wieder schloss.

★ ★ ★

Langsam wanderten sie durch den riesigen Saal, einem hellen Pfad aus Licht folgend. Überall saßen und standen Paare von Leuchtenden und Verstorbenen vor etwas, das an riesige Leinwände erinnerte und über das eine Flut von Bildern flimmerte. Lili versuchte unauffällig aus den Augenwinkeln zu erhaschen, was sich vor den riesigen Bildschirmen ereignete. Die

Ausdrücke auf den Gesichtern der Verstorbenen wechselten in rasender Geschwindigkeit zwischen allen Empfindungen, derer ein Mensch fähig ist. Manche wandten sich ab vor Scham, andere sprangen glücklich auf, manche tobten vor Wut und nicht selten weinte einer von ihnen in den Armen seines Engels hemmungslos.

Lili wurde tief ergriffen, doch sie war jetzt vorsichtig. Ohnehin schien kaum einer von ihr Notiz zu nehmen. Alle waren viel zu beschäftigt, sich ihr letztes Leben anzusehen und es gemeinsam mit ihrem Engel zu analysieren. Je tiefer sie in den Saal vordrang, desto ruhiger wurde es um sie und desto intensiver war der goldene Glanz, der über allem lag. Die Aufregung auf den Gesichtern der Heimgekehrten nahm bald ab. Immer öfter sah Lili Erkenntnis und Zufriedenheit auf ihnen einkehren.

Als sie einen Blick zurück warf, erkannte sie, dass sie schon die Hälfte der ersten Ebene unter sich zurückgelassen hatten, während der Pfad, der sie durch den verbleibenden Raum führte, stetig und sanft anstieg. Der *Pfad der Erkenntnis* hatte sich wie eine Wendeltreppe nach oben gewunden, und nun standen Lili und Smolly bereits am Eingang zur zweiten Ebene. Die ganze Art der Räumlichkeiten erinnerte Lili an eine riesige Spirale, das Innere einer Muschelschnecke, deren perlmuttartige Wände mit dem Licht spielten und es hundertfach zurückwarfen, immer intensiver und heller. Das warme, goldene Leuchten hatte sich in ein strahlendes Gelb verwandelt, das Lilis Augen blendete und ihr unter die Haut ging. Mehr und mehr strengte es sie an, dem Strom der Heimgekehrten und Engel zu folgen, der sich auf ein zweites, noch größeres Tor zuschob.

Der Frevel

Auch diese Pforte wurde von zwei beeindruckenden Wesen bewacht: vierflügeligen Löwen, die sich auf ihre Hinterpfoten aufgerichtet hatten und sich mit den Vorderpfoten berührten. Ein Flügelpaar wuchs zwischen ihren Schulterblättern hervor und ein weiterer Flügel an jeder Seite ihres Rumpfes. Während die ersten imposant über ihren Köpfen zusammentrafen, verbargen die zweiten Paare das Tor.

Der helle Glanz, der aus dem Inneren der zweiten Ebene hervorsprühte, verursachte Lili Schmerzen. Ihr Kopf begann zu dröhnen und sie schwankte kurz. Doch dann kniff sie tapfer die Augen zusammen und konzentrierte sich ganz auf ihren Auftrag.

Smolly beobachtete sie aus den Augenwinkeln genau. Mit vor Anstrengung verzerrtem Gesicht nickte sie ihm aufmunternd zu. Sie würde es schaffen. Sie musste ganz einfach!

Auch hier spielte sich ein ähnliches Szenario ab wie an der ersten Pforte. Die Leuchtenden der ersten Ebene verabschiedeten sich von ihren Schützlingen und waren mit einem Male verschwunden. Langsam begann Lili, sich an das hellere Licht zu gewöhnen, und während sich unter lautem Schall das zweite Tor öffnete, trat sie hinter den anderen in die zweite Ebene ein.

Diesmal war es der *Pfad der Erleuchtung*, dem sie folgten und der sich linker Hand um den riesigen neuen Raum wand. Nach rechts öffnete sich die Ebene, und in einiger Entfernung erkannte Lili Zugänge zu anderen Bereichen. Still schlossen sie und Smolly sich dem Strom der Heimkehrer an.

Die Engel der zweiten Ebene strahlten nicht nur heller, sie waren auch größer. Vor allem aber schienen sie ernster und strenger zu sein. Anstelle unendlicher Sanftmut strahlten sie wohlwollende Autorität aus. Doch auch die Verstorbenen hatten sich verändert. Sie schienen reifer und ausgeglichener und aus ihren Gesichtern sprach Zuversicht. Auch schien Lili hier mehr aufzufallen, denn einige der Leuchtenden wandten sich ihr kurz zu und begrüßten sie mit einem freundlichen Lächeln.

Smolly flog jetzt dicht neben ihr und nahm seine Aufgabe als Führer wahr, indem er ihr erklärte, was hier vor sich ging, obwohl sie natürlich bereits darüber gelesen hatte.

»Beeindruckend, was?«, fragte er Lili, die mit großen Augen die Wände des Raumes bestaunte, an denen sich endlose gläserne Regale in die Höhe streckten, gefüllt mit einer Unzahl von Büchern und Papyrusrollen. Übermannshohe Leitern, die man hin und her schieben konnte, ragten an ihnen empor.

»Wie viele Bücher sind das?«, wollte Lili wissen.

Smolly zuckte mit den Schultern. »Wen juckt das schon?«, entgegnete er frech. »Zu jedem Buch gehört eine Seele. Sie wachsen nach wie Pilze.«

Lili stupste ihn amüsiert in die Seite. »Das ist ja wohl kaum möglich«, rügte sie ihn sanft. »Wie sollten sie hier alle Platz finden?«

Der forschende Blick Smollys bohrte sich in ihre Augen. »Du glaubst mir nicht? Versteh schon, aber hier gelten andere Gesetze als auf der Erde, vergiss das nicht.«

Lili sah sich weiter um. In der Mitte des Raumes befanden sich unzählige Tische. An ihnen saßen oder standen Verstorbene und ihre Schutzpatrone, vertieft in ihre Arbeit. Die Atmosphäre knisterte vor Konzentration. Lili fühlte sich, als stünde sie im Lesesaal einer ehrwürdigen Universitätsbibliothek.

»Was tun die da?« Verstohlen zeigte sie auf einen der Tische.

Smolly stöhnte und sein Blick verriet ihr, was er von dieser Frage hielt. »Solltest du das nicht längst wissen?«, provozierte er sie.

»Willst du mir jetzt wieder Vorhaltungen machen?«, erwiderte sie trotzig. »Ist ja nicht so, als wäre ich faul.« Auch sie hätte ihre Nase gern viel öfter in Raoul Zachowskis Aufzeichnungen gesteckt. Aber die Fälle des Geheimen Zirkels hatten sie voll in Anspruch genommen, und dann war da ja auch noch der normale Schulstoff, den sie in ihr Hirn hämmern musste.

Smolly las in ihrem Blick, was sie nicht aussprach. »Also schön«, seufzte er. »Hier wird aus der Fülle dessen, was man auf der ersten Ebene erfahren und erkannt hat, das zusammengetragen, was man sich in einem nächsten Leben erarbeiten soll. Die Ziele müssen genau gefasst werden, damit auf Ebene drei das passende Schicksal dazu gewoben werden kann.«

»Das passende Schicksal?«

Smolly rollte mit den Augen. »Welche Menschen man treffen wird, welche Krankheiten man durchstehen muss. Ob man eine bestimmte Begabung oder Neigung erhält. Welches Temperament hilfreich wäre, welche Nationalität, in welches Zeitenschicksal man geboren wird ...«

»Zeitenschicksal?« Lilis Pupillen wurden immer weiter, während Smollys Geduld sich mehr und mehr dem Ende zuneigte.

»Krieg oder Frieden, Umweltkatastrophen ... Welches Leid wird man ertragen müssen, welche Freude erfahren dürfen ...«

»Und wozu soll das gut sein?« Auf Lilis Armen hatte sich Gänsehaut gebildet und ihr Gesicht war ein einziges Fragezeichen.

»Na, um die neuen Fähigkeiten zu entwickeln und dann ...
irgendwann ... den Kreislauf der Wiedergeburten zu
durchbrechen und Erleuchtung zu finden. Eins zu werden mit
dem ewigen Ursprung.« Smolly breitete seine kleinen Ärmchen
theatralisch aus und sah sie eindringlich an.

»Gott?«

»Nenn es, wie du willst ...« *Und mach gefälligst deine
Hausaufgaben selbst,* dachte er genervt, auch wenn er Lili wirklich
über alles liebte. Laut sagte er: »Namen sind nur Schall und
Rauch!«

Doch Lilis Neugier war noch lange nicht gestillt. Smolly
auszufragen war so viel einfacher, als Bücher zu lesen ... »Und
was passiert dann auf Ebene drei?«, löcherte sie ihn weiter.

»Da werden all diese Dinge mit den Schicksalen anderer
Menschen verwoben, sodass man sich zur richtigen Zeit am
richtigen Ort begegnet und am Ende jeder die Möglichkeit hat,
sein Ziel zu erreichen.«

»Wow.« Lili blieb stehen. Sie wusste nicht, was sie sagen
sollte. Das war so ungeheuerlich. Es war ihr unbegreiflich, wie
man so viele Aspekte auch nur annähernd unter einen Hut
bringen konnte, ohne dabei verrückt zu werden ...

★ ★ ★

Weit entfernt von ihr, eingepfercht in Leonores tiefe Ledersessel, konnten auch Ariane und Cornelius kaum glauben, was sie auf dem Bildschirm sahen und lasen. Keiner sagte ein Wort. Schon allein deshalb, weil Dr. Jaworskis Blick ihnen eindeutig zu verstehen gab, dass sie all das eigentlich gar nicht wissen sollten. Nicht einmal Ariane wagte einen Versuch. Auf keinen Fall wollte sie riskieren, dass Leonore Jaworski sie aus dem Zimmer schickte. Dazu waren diese Informationen viel zu kostbar. Tapfer biss sie sich auf die Lippen.

★ ★ ★

Der arme Smolly indessen suchte krampfhaft einen Weg, wie er Lilis Fragerei endlich entkommen konnte. »Ja«, fuhr er fort. »Eine Aufgabe ungeheurer Logistik, wenn man es einmal mit irdischen Worten beschreiben will. Und das alles, damit man, auf der vierten Ebene, dem *Bereich des Vergessens*, durch das Tor einer erneuten Geburt schreiten kann.« Er hatte jetzt wirklich genug, machte eine Pause und räusperte sich. Seine Kehle war wie ausgetrocknet.

Lili bemerkte es gar nicht und hing ihren Gedanken nach. *Was für ein Aufwand. Nein, was für ein Wunder*, dachte sie, als Smolly sie plötzlich am Ärmel zog und entschieden die Richtung wechselte.

»Komm jetzt«, rief er. »Hier lang. Da drüben ist es.«

Lili blickte in die Richtung, in die er deutete, quer durch die ganze Ebene, auf die gegenüberliegende Seite des Raumes. Sie würde den *Pfad der Erleuchtung* verlassen müssen, ohne die dritte Ebene gesehen zu haben, deren silbrig weißes Licht ihr bereits entgegenglitzerte, so hell, so verlockend ... Und das nach allem, was sie jetzt wusste.

Nur noch ein paar Meter aufwärts, ein paar wenige Windungen. Sie wusste, die zweite Ebene war die letzte, die Grenzgänger betreten durften. In den Ebenen darüber gab es für ihresgleichen nichts mehr zu tun. Die dritte, vierte und alle weiteren Ebenen des Lichts waren höheren Wesen vorbehalten. Denen, die über Form und Zeit und alles Schicksal wachten und es lenkten.

Und doch, was würde sie darum geben, einmal nur die riesigen Webstühle zu sehen, die Millionen Schicksale miteinander verwoben, und die Wesen, die diese bedienten. *Nur ein Mal!* Es musste ein überwältigender Anblick sein ...

Was sie Smolly nicht verraten hatte war, dass sie sehr wohl schon in Raoul Zachowskis Buch über die Ebenen gelesen hatte, jedoch nicht die Kapitel, wo jede Ebene für sich allein ganz ausführlich beschrieben wurde. Sie hatte lediglich die Zusammenfassung überflogen, die jedem Kapitel vorangestellt war. Doch jetzt, nach allem, was Smolly ihr erzählt hatte ...

Da war sie wieder, diese ungeheure, unerträgliche Sehnsucht, die von ihr Besitz ergriff und sie geradezu zwang, weiterzugehen und Smollys aufgeregtes Winken zu ignorieren.

Das dritte Tor! Es würde von gefährlichen Wesen bewacht werden, halb Adler, halb Skorpion. So stand es im Buch. Jedes von ihnen hatte sechs Flügel und das Licht, das dieser Ebene entströmte, würde alles verbrennen, das ungeläutert Zutritt begehrte.

Dort wurden die Menschenseelen mit einem neuen Schicksal beschenkt, bevor man sie zum vierten und letzten Tor brachte, dem herrlichen Tor des Wassermanns, dessen Mund die Quelle des Vergessens entsprang und dessen Bart als Wasserfall in silbernen Fluten hinabfiel zur Erde. Wenn man in diesen Wasserfall sprang, vergaß man, woher man kam, und würde es erst wieder wissen, wenn man erneut das Tor des Todes durchschritt.

Smolly hatte angehalten. Er schien zu ahnen, was sie vorhatte, und warf ihr einen warnenden Blick zu. Doch er war schon ein gutes Stück entfernt. Er würde nicht schnell genug bei ihr sein, um sie zurückzuhalten. Plötzlich sah sie nur noch die Gelegenheit. Mit einem Mal schien es ihr unmöglich, hier und jetzt einfach kehrtzumachen, so kurz vor der Offenbarung!

Aus den Augenwinkeln erkannte sie, wie Smolly alarmiert und ungläubig die Augen aufriss …

Herrje, rang sie mit sich. *Ich will ja nicht hinein, ich will nur einen Blick wagen. Was soll mir dabei schon passieren? So groß kann der Frevel doch nicht sein. Ich bin Grenzgängerin! Hab ich da nicht das Recht, es zu wissen? Wie soll ich denn meine Aufträge erledigen, wenn man mir nicht erlaubt, mir von allem, wirklich allem, Kenntnis zu verschaffen?*

Noch fühlte sie sich stark genug, wenngleich das Licht der ersten und zweiten Ebene schon an ihren Kräften zehrte. *Jetzt oder nie!*

Schnell rannte sie los, den *Pfad der Erleuchtung* noch ein kleines Stück hinauf, nahm die erste Biegung und wand sich im Laufen noch einmal um. Smolly sauste heran. Bald hätte er sie eingeholt! Sie zog das Tempo an. Nur ein paar Meter noch, sie gelangte an die nächste Biegung und hatte den dritten Saal erreicht. Nur ein kleiner Blick! Ein ganz kurzer …

Sie hob das Gesicht empor, um das Tor zu sehen, da traf sie das Licht mit solcher Wucht, dass sie zusammensackte. Ein stechender Schmerz schien ihren Kopf zu teilen. Stählerne Klänge sprengten ihre Ohren, helle Töne, scharf wie Messerschneiden, die ihr Innerstes in Stücke reißen wollten. Sie griff sich an die Schläfen und begann zu keuchen. Ein Paukenschlag erschallte und zerschmetterte ihr fast das Trommelfell. Tief brannte sich das Licht in sie hinein, bis in die Knochen und tiefer noch, bis in ihr Herz … als stände sie in heißem Wasser … als würde ihre Seele brennen.

★ ★ ★

Räumlich ganz nah, und doch unendlich fern, standen ihre Freunde in Leonore Jaworskis Arbeitszimmer vor dem Computer und waren am Rand der Verzweiflung. Ariane brüllte Lili aus voller Kehle an – als würde das was nützen! Leonore kochte vor Wut, Sorge und Selbstvorwürfen, während Esther nur dastand, die Hände vor Furcht auf den Mund gepresst.

»Verdammt!«, schrie Ariane. »Verdammt, Lili. Bist du übergeschnappt? Was soll denn der Mist? Sieh zu, dass du da wegkommst!«

Gebannt starrte sie auf den Bildschirm. Dann rüttelte sie Cornelius an der Schulter, dass der Arme fast vom Stuhl flog.

»Verflucht, tu doch was!«

»Lass ihn los!« Leonores Stimme klang schneidend durch den Raum. So scharf, dass selbst Ariane es nicht wagte, ihr zu widersprechen. Sie gab Cornelius frei. Alle warteten wie gelähmt, während Leonore einen Moment ruhig da stand, die Finger an der Nasenwurzel und die Augen geschlossen.

Endlich nahm sie die Hände wieder herunter. Jeder Silbe, die sie sprach, war die Anstrengung und Konzentration anzumerken, mit der sie nach einer Lösung suchte.

»Nicht mal ich kann sie erreichen«, gestand sie zitternd.

»Und was soll'n wir jetzt tun? Wir können sie doch nicht einfach krepieren lassen!« Ariane war nun völlig außer sich, um so mehr, als sie in Leonores Augen die Antwort las: Es war Lilis eigener Entschluss, ihr Risiko und ihre Schwäche, die sie in diese Lage gebracht hatte. Nun konnte man nichts tun als warten und hoffen. Niemand von ihnen konnte helfen. Sie hatten es alle gewusst. Kein Mensch durfte die Gesetze der anderen Welt brechen. Wenn er das tat, gab er sich unwiderruflich in die Hände der Wesen, die er herausgefordert hatte. Lili hatte gewusst, dass sie diese Ebene nicht betreten durfte. Dorthin war sie nicht gerufen worden. Sie hatten es alle gewusst und sie hatten sie immer wieder gewarnt ...

Esther war inzwischen an Lilis Körper herangetreten, aus dem sich ihr Geist so unendlich weit entfernt hatte.

»Sie hat kaum noch Puls«, flüsterte sie und sah flehend zu Leonore. »Wir müssen sie irgendwie erreichen.« Aus Esthers Gesicht war jede Farbe gewichen. Ihre Stimme klang kläglich und dünn. Wenn ihrer Enkelin etwas zustieße, würde sie sich das nie verzeihen ... niemals ... und Marla ihr auch nicht.

Unerwartete Hilfe

Dem Druck der alten Freundin konnte selbst die überlegene Leonore nicht standhalten.

»Die einzige, die im Moment noch Zugang zu ihrem Bewusstsein hat, ist Bellinda«, flüsterte sie leise und eindringlich. »Wenn wir sie wecken, kann sie versuchen, Lili zurückzurufen, nur ... «

»Nur? Nun sagen Sie's schon, wir sind ganz Ohr. Wo ist der Haken?«, drängte Ariane besorgt.

»Wenn wir sie aufwecken, kann sie keine Bilder mehr übermitteln. Wir würden Lili verlieren, also nicht mehr auf dem Bildschirm sehen, wo sie sich befindet, und wir wüssten trotzdem nicht mit Sicherheit, ob Bellinda es schafft, sie zu erreichen.«

»Und das sagen Sie erst jetzt?«, rief Ariane. »Damit stehen die Chancen fifty-fifty. Wenn wir Bellinda nicht wecken, hat Lili gar keine Chance, und wir können zusehen, wie sie stirbt. Was gibt's denn da zu überlegen?«

Sofort sprang sie zu Bellinda und begann, sie heftig zu rütteln. Die Entscheidung war gefallen. Leonore kam ihr zu Hilfe und klopfte der dicken Wahrsagerin die Wangen. Stöhnend und schwitzend kam diese zu sich, wie ein Flusspferd, das aus den Fluten des Nils hervortaucht. Sofort war der Bildschirm schwarz. Nur noch der Text von Lilis Gedanken war lesbar und spiegelte ihr Martyrium.

Als man Bellinda erklärt hatte, um was es ging, versetzte sie sich sofort wieder in Trance. Lautlos formten ihre Lippen Beschwörungen und Ermahnungen. Sie begann immer heftiger zu schaukeln, zu zucken und den Kopf hin und her zu werfen. Offensichtlich konnte auch sie nicht zu Lili durchdringen, weil deren Bewusstsein durch den Schmerz des hellen Lichts blockiert war.

Die Anstrengung und der Kampf, denen sich die gutmütige alte Wahrsagerin aussetzte, überforderte sie völlig. Plötzlich fiel ihr Kopf zur Seite und sie lag still mit weit aufgerissenem Mund im Stuhl, der langsam ausschaukelte. Esther ließ Lili los und eilte zu ihrer alten Kameradin, zog ihre Lider hoch und ertastete am Hals den Puls.

»Sie ist ohnmächtig«, flüsterte sie bebend.

Alle erstarrten. Niemand wusste, ob Bellinda ihr Ziel erreicht hatte, aber nach dem heftigen Kampf zu schließen, dem sie sich ausgesetzt hatte, war zu befürchten, dass sie erfolglos geblieben war. Der Schock fuhr allen in die Glieder. Es herrschte absolute

Stille im Raum. Alle hatten sie versagt! Alle fühlten sie sich schuldig ...

»Ähmmm«, räusperte sich plötzlich jemand zaghaft. »Ich weiß nicht, aber vielleicht wüsste ich da etwas ... Ich meine ... Es wäre gefährlich. Es ist noch nicht ganz ausgereift, aber in Anbetracht der Situation ...«

Es war Cornelius. Eine kurze Sekunde dauerte die Stille noch an, dann fielen sie alle über ihn her und bestürmten ihn mit Fragen wie ein Schwarm gefräßiger Heuschrecken, sodass der blasse Junge sofort wieder in sich zusammenfiel.

»Okay«. Ariane schob die anderen zur Seite und drehte Cornelius Stuhl zu sich. »Spuck's aus, Überflieger. Jetzt ist nicht die Zeit für Schüchternheit.«

Cornelius schluckte.

»Denk an Lili!«, beschwor Ariane ihn.

»Es ist ... wie gesagt ... noch nicht ... ganz ausgereift«, krächzte Cornelius heiser vor Aufregung. »Aber ich habe etwas Neues in Lilis Helm eingebaut. Man muss es ihr nur ins Ohr stecken und das entsprechende Programm starten.«

Alle sahen ihn verständnislos an.

»Nun ja«, sagte er, »es genau zu erklären, bräuchte zu viel Zeit, aber der Sinn der Erfindung ist, Bellindas Funktion zu ersetzten und Lilis Wahrnehmungen und Gedanken durch ein Anzapfen der verschiedenen Gehirnzentren und des Sehnervs statt auf die Netzhaut über eine Leitung auf den Bildschirm zu projizieren. Dazu muss man einen Spezialspiegel vor ihr Auge schieben, den man an die Kappe montieren kann. Über den ...«, er suchte nach Worten, die auch Laien verstehen würden, »... Stöpsel im Ohr kann man das Trommelfell zum Vibrieren bringen, sodass es das, was ich in die Tastatur haue, an ihr Hörzentrum weitergibt. Auf diese Art und Weise sollte es möglich sein, mit ihr direkt zu kommunizieren. So müsste sich Bellinda in Zukunft nicht mehr so sehr anstrengen.«

Er hob entschuldigend die Schultern, als erwarte er, gleich geschlagen zu werden.

Ein paar Sekunden schauten die anderen ihn mit weit aufgerissenen Augen und Mündern an, dann brach Leonore den Bann: »Tu es!«

Alle waren sich einig, diese letzte Chance zu nutzen, auch wenn sie ihnen noch so unglaublich vorkam und sie eigentlich kein Wort verstanden hatten von dem, was Cornelius gesagt hatte. Sie hatten keine Wahl.

Cornelius zog etwas aus seinem Koffer, das aussah wie ein Headset, nur dass an seinem Ende ein winziger runder Spiegel statt des Mikros saß. Er steckte den Bügel auf eine Vorrichtung an Lilis Kappe und schob ihn ihr vors Auge. Dann nahm er ein Kabel mit Stöpsel, schloss es ebenfalls an die Kappe an und steckte Lili den Stöpsel ins Ohr. Wortlos schlich er zurück zu seinem Notebook und begann, auf die Tastatur zu hämmern. Als er das Programm aufgerufen und gestartet hatte, holte er noch einmal tief Luft, dann tippte er:

»LILI, GEH ZURÜCK. ZURÜCK! ZURÜCK!«

Er markierte das letzte Wort und drückte auf Wiederholung. Fast im selben Moment erschien Lili wieder auf dem Bildschirm. Gestört und nur schwarz-weiß, aber sie war da und – ein Wunder! – sie schien ihn zu hören.

★ ★ ★

Plötzlich hörte Lili eine andere Stimme in all dem Tosen. Blechern zwar und abgehackt, aber unmissverständlich.

»ZURÜCK!«, schrie etwas in ihr. »ZURÜCK! ZURÜCK!« und immer wieder und lauter peitschte sich das Wort in ihr Bewusstsein. »ZURÜCK! ZURÜCK! ZURÜCK! ZURÜCK! ZURÜCK! ...«

Mit einer letzten Anstrengung ihres Willens kroch sie auf allen vieren rückwärts. Millimeter für Millimeter schob sie sich zurück und es war ihr, als wöge ihr Körper plötzlich Tonnen. Langsam, fast zeitlos, schaffte sie es bis hinter die letzte Biegung, dann brach sie zusammen.

★ ★ ★

Der Bildschirm flimmerte, doch er sendete keine Bilder mehr.

»Was ist?«, flüsterte Ariane. »Warum sehen wir nichts mehr?« Verstört sah sie ihren klugen Freund an, doch der zuckte nur die Schultern.

»Nele?«

Cornelius wusste, dass es nicht am Equipment lag, dass sie die Verbindung zu Lili verloren hatten. Nur um Ariane zu beruhigen, überprüfte er die Anschlüsse und Steckverbindungen und versuchte nochmals, Lili eine Botschaft zu schicken. Doch vergebens ... Ruhig nahm er die Finger von der Tastatur: »Ich schätze, sie ist ohnmächtig geworden.«

»Was?« Ariane stürzte vor und wollte ihm die Tastatur entreißen, doch Leonore war schneller und hielt sie an den Schultern zurück.

»Ist gut«, sagte sie sanfter, als es sonst ihre Art war, und Ariane hielt tatsächlich inne. »Du kannst nichts für sie tun. *Wir* können nichts tun. Sie hat das Bewusstsein verloren.«

»Wie kann sie das Bewusstsein verlieren, wenn sie in Trance ist?«, entgegnete Ariane leise, aber nicht minder aufmüpfig.

Aus der Ecke hinter ihnen drang in diesem Moment ein lautes Stöhnen herüber. Sie drehten sich um. Bellinda kam zu sich, und Esther half ihr, sich im Sessel aufzurichten.

Ariane sprang auf. Bellindas Erwachen hatte sie auf eine Idee gebracht. »Na, wenn sie in Trance ist, dann wecken wir sie jetzt eben einfach auf.« Schon wollte sie aufspringen, doch wieder war Leonore schneller und baute sich wie eine unüberwindbare Mauer vor dem Sofa auf, auf dem Lili lag und das sie eigens zu diesem Zweck in ihrem Büro hatte aufstellen lassen.

Auch Cornelius war aufgesprungen und hatte vor Schreck seine Brille verloren. Esther hatte zitternd den heißen Tee verschüttet, den sie der erschöpften Wahrsagerin soeben hatte reichen wollen. Ein paar Tropfen waren auf Bellindas Hand gelandet und die Seherin warf ihrer Cousine einen vorwurfsvollen Blick zu. Doch die bemerkte es gar nicht, sondern schaute zu der Szene vor dem Sofa hinüber, wo Ariane und Leonore sich einen stummen Schlagabtausch der Blicke lieferten. Genau wie Cornelius stand sie unter Hochspannung, bereit, jeden Augenblick loszurennen, sollte Ariane auch nur in Lilis Nähe kommen.

Da tönte Bellindas tiefe, ruhige Stimme durch den Raum.

»Leonore hat recht, Kind«, nuschelte sie mühsam und versuchte, ihre trockenen Lippen zu bewegen. »Das ist keine normale Trance. Lili ist … woanders. Wenn du sie jetzt weckst, wird sie sterben.«

Ariane fixierte Bellinda wie von Sinnen. Doch die erfahrene Matrone sah ihr aus ihren treuen Eulenaugen so liebevoll und ruhig entgegen, dass sie die Schultern hängen ließ und aufgab.

Leonore führte Ariane zu einem der freien Sessel, in den sich das Mädchen ohne weiteren Wiederstand hineinplumpsen ließ.

Ihrer besten Freundin nicht helfen zu können, brachte sie fast um. Esther drückte auch ihr eine Tasse Tee in die Hand.

Auch Cornelius hob wie in Zeitlupe seine Brille auf und ließ sich zurück auf seinen Stuhl hinter Leonores Schreibtisch sinken. Keiner sagte ein Wort. Gerade, hob er einen Zipfel seines T-Shirts an, um seine Brille zu putzen, als der Bildschirm wieder zum Leben erwachte.

Rosalies Engel

Als Lili zu sich kam, lag sie auf einer Art Pritsche in einem bläulich schimmernden Raum. Ein goldener Vogel, der aussah wie ein riesiger Kranich, beugte sich über sie.

Ein Traum? Je mehr sich ihr Bewusstsein wieder klärte, desto klarer wurde auch ihr Blick. Ruckartig richtete sie sich auf und erkannte das Wesen aus Louisas Schilderung.

Als es sah, dass Lili erwacht war, verdichtete es die Konsistenz seines Lichts und nahm nach und nach menschliche Gestalt an. Als ihre Blicke sich begegneten, fiel aller Schmerz von Lili ab.

Nun entdeckte sie in einer Ecke des Raumes Smolly, der wild fuchtelnd und aufgebracht eine Acht nach der anderen flog.

Der Arme! dachte sie. *Ihm bleibt aber auch nichts erspart.* Wieder hatte sie sich überschätzt. Wie sollte sie ihm ihr Verhalten erklären? Sie hatte sich ganz einfach wie eine verantwortungslose, unreife dumme Gans benommen. Schlimmer noch, sie hatte ihre Aufgabe vergessen und ihren Verstand an die Neugier verhökert. *Was geschieht nur mit mir, wenn ich das Tor durchquere? Warum bin ich hier, auf der anderen*

Seite, so unbeherrscht? Es muss wohl an den Versuchungen liegen, die auf dieser Seite des Tores so ungleich stärker waren als davor, grübelte sie und versuchte sich dabei selbst zu trösten. Hier kannte sie sich manchmal selbst nicht mehr.

Mühsam stand sie auf und ging zu ihm, wollte sich entschuldigen, versöhnen, doch als er sie sah, schnitt er ihr mit einer einzigen Bewegung das Wort ab: »Grenzgängerin?«, quiekte er. »Du willst eine Grenzgängerin sein. Ha!«, lachte er und wischte mit seiner Stummelhand aufgebracht durch die Luft. »Nichts als eine Aufschneiderin. Ein Naseweis. Was hast du dir nur gedacht?« Wieder flog er aufgeregt eine Schleife in der Luft. »Ha!«, sagte er zu sich selbst. »Sie hat überhaupt nichts gedacht, nicht das kleinste bisschen. Vollkommen leergefegt, ihr Verstand. Leer wie ein davonflitzender Luftballon. Pfffffff...«, pfiff er durch die Zähne und zeichnete dabei mit seiner Hand das zischende Schlingern eines Ballons nach, aus dem die Luft entweicht. Er war völlig aus dem Häuschen.

»Weiß der Himmel, wie sie die Kurve gekriegt hat. Gerade noch rechtzeitig. Wieder mal mehr Glück als Verstand. Und gute Freunde. Freunde!«, rief er. »Hat sie gar nicht verdient. Hat nicht eine Sekunde an den armen Smolly gedacht. Wär vor Sorge beinahe umgekommen. Nicht eine Sekunde! Smolly sollte sie einfach sitzen lassen.«

Wie immer, wenn ihr Freund wütend war, verfiel er in die dritte Person, wenn er von sich sprach.

Noch einmal flog er aufgeregt eine Acht und hielt dann direkt vor ihrem Gesicht. Mit erhobenem Zeigefinger schnitt er ihr abermals den Satz ab, den sie gerade beginnen wollte: »Dafür haben wir jetzt keine Zeit, behalt deine unnützen Ausreden für dich!«, zischte er ärgerlich und sah sie mit strengem Blick an. »Das hier ist Iloia, Rosalies Schutzengel. Er wird dich zur Station der verlorenen Seelen bringen. Bist du bereit?«

Sie wollte gerade nicken, da wischte er wieder mit der Hand durch die Luft: »Ha!«, und weg war er.

Lili seufzte. Er brauchte wohl ein wenig Zeit, um ihr zu verzeihen. Wie hatte sie ihn und die anderen nur so enttäuschen können? Das schlechte Gewissen flog sie an wie eine Motte das Licht.

Sie trat zu Iloia, der bereits die Tür offen hielt und ihr aufmunternd zunickte. An seinem Blick sah sie, dass er sich kein Urteil erlaubte. Sie war noch eine Schülerin und die Welt hinter dem Tor voller Versuchungen. Er wusste das.

Die Station der verlorenen Seelen bestand aus einem einzigen lang gezogenen Raum mit dem Flair einer Überwachungsstation. Die Wände des Raumes wurden von hohen Leuchttafeln eingenommen, auf denen teils helle, teils dunkle Punkte prangten. Als sie näher trat, sah sie, dass es kleine Kerzen waren.

Manche von ihnen brannten noch, bei anderen war der Docht erloschen.

»Das sind all die Menschen, die sich uns verschlossen haben«, telepathierte Iloia ihr. »Es werden täglich mehr.«

Lili verstand nicht ganz. Er sah es ihr wohl an, also erklärte er weiter: »Weißt du, um unsere Aufgabe zu erfüllen, müssen wir mit unserem Schützling Kontakt haben. Wenn ein Mensch nicht mehr an Schutzengel glaubt, wenn er uns sein Herz verschließt, dann können wir in der Nacht nicht mehr zu ihm sprechen, ihm nicht mehr zur Seite stehen. Er muss von sich aus das Gespräch mit uns suchen, sonst sind uns die Hände gebunden. Jede dieser erloschenen Kerzen steht für einen Menschen, den wir verloren haben. Das ist für beide Seiten tragisch, weil auch wir uns nur entwickeln können, wenn wir unsere Aufgaben an den Menschen erfüllen.«

Lili wunderte sich, mit welcher Sachlichkeit Iloia ihr eine Situation schilderte, die er ganz offensichtlich als tragisch einschätzte und die sein eigenes Schicksal genauso schwer betraf wie das der Menschen. Kein Klang von Bitternis, Enttäuschung oder Wut war seinen singenden Gedanken anzumerken. Ohne die kleinste Wertung in Gut oder Böse schien er alles so hinzunehmen, wie es geschah, um sich mit ganzer Hingabe den Herausforderungen zu stellen, die ihm entgegentraten. Ohne

Wenn und Aber und ohne einen Vorteil für sich selbst zu suchen.

Wenn mir das doch auch gelingen könnte, dachte Lili seufzend und fing einen Blick von Smolly auf, der mehr als deutlich signalisierte, dass sie sich von Iloia mal eine Scheibe abschneiden sollte. Trotzig schaute sie zurück.

Okay, dachte sie. *Ich mache Fehler und ich habe Schwächen. Na und? Ich bin ein Mensch!* Und, wie sie in diesem Moment selbstbewusst feststellte, sie war es gerne, trotz aller Mängel ihrer Spezies. Menschen waren nun mal nicht vollkommen und schon gar nicht selbstlos. Trotzig wandte sie sich wieder Iloia zu.

»Wieso könnt ihr es nicht verhindern, dass ihr so viele Menschen verliert?«, fragte sie ihn.

»Darauf dürfen wir nicht einwirken. Weißt du, wir beraten den Menschen nur. Für welchen Weg er sich letztendlich entscheidet, ist in seine Freiheit gestellt, und leider sind die irdischen Versuchungen oft ebenso groß wie die hiesigen. Immer mehr Menschen verlieren ihr Herz an die materielle Welt und die irdischen Reichtümer. Sie sehen den schnellen Gewinn, den Luxus und die damit verbundene Macht. Das erscheint ihnen erstrebenswerter als alles, was sie sich von der Zusammenarbeit mit uns Engeln erhoffen. Bei uns gibt es keine schnellen Gewinne und Vorteile. Alles, woran wir arbeiten, führt in die Zukunft. Die aber erscheint den Menschen so unendlich fern. Die meisten wollen Garantien, doch die können wir nicht geben, und so greifen sie lieber nach dem Naheliegenden.«

»Gibt es denn keine Möglichkeit, diese Menschen zurückzuholen?« Lili fand, dass sich das alles nach einer schrecklichen Sackgasse anhörte.

»Nein. Sie müssen von allein wieder zu uns finden. Manche wenden sich uns durch ein einschneidendes Erlebnis wieder zu, viele aus der Not heraus oder nach einem schweren Schicksalsschlag, und manche finden erst wieder zu uns, wenn sie durch das Tor gehen. Doch um die Dinge ausführlich zu beschreiben, mangelt es uns heute an Zeit.«

»Aber das erklärt nicht, warum du Rosalie nicht helfen kannst.«

»Bei Rosalie ist etwas anderes eingetreten: das Phänomen des Schocks. Wenn ein Mensch einem schweren Schock ausgesetzt wird, einer Situation, die er einfach nicht ertragen will oder kann, dann kann es passieren, dass sein Bewusstsein in einen Bereich flüchtet, in dem er sich sicher fühlt. Wo die Angst ihn nicht erreichen und die Realität ihn nicht zerstören kann.«

»Was für ein Bereich ist das?«

»Die Fantasie. Der Verstand rettet sich in eine Traumwelt, die nur sein eigener Geist erschaffen kann. In seiner Fantasie ist jeder Mensch ein individueller Schöpfer. Sie ist der Funke Gottes in euch. Dieser Bereich ist unantastbar für jedes andere Wesen, selbst für uns Engel. Mit der Kraft der Fantasie kann der Mensch eigene Welten erschaffen. Er kann sich über sich selbst erheben in einer Art, die dem Schöpfer gleichkommt. Die Fantasie ist die größte geistige Freiheit, die euch Menschen geschenkt wurde. Sie ist unberührbar. Tabu. – Doch in dieser Freiheit liegt auch eine große Gefahr. Man kann sich in ihr verlieren! Leider arbeiten außer uns ja auch immer gegnerische Kräfte am Menschen, die ihn zerstören wollen. Sie finden viele Schlupflöcher in die Seele unserer Schützlinge. Durch diese Schlupflöcher dringen sie ein, wenn der Mensch einen Moment lang arglos ist, unaufmerksam, sich selbst entrückt. So ein Moment kann zum Beispiel ein Schock sein, eine Ohnmacht, jede Situation, in der euer Bewusstsein für einen kurzen Moment eurer Kontrolle entgleitet. Dann dringen sie ein und versprühen ihr Gift.«

Lili schauderte. »Was für ein Gift?«

»Die Angst!«

»Kann man denn gar nichts dagegen tun?«

»Doch. Ein starker, robuster Mensch schon. Ein Mensch jedoch, der gerade geschwächt oder noch sehr jung ist, den können diese Keime infizieren. Im Falle von Rosalie kam leider beides zusammen. Der Zustand des Schocks ist ein Moment vollkommener seelischer Nacktheit. Der Geist ist einen Moment von seinem irdischen Körper gelöst und damit vielen Mächten ausgeliefert. Die Angst hatte in Rosalie eine leichte Beute. Sie war vollkommen willenlos. Durch das, was sie erleben musste, war ihr Urvertrauen gebrochen. Sie wurde von der Angst davongespült, ohne es zu merken.«

»Also erinnert sie sich gar nicht mehr an ihr echtes Leben?«

»Nein. Alles, was ihr Leben ausmachte, ist zerstört worden. Ihre Mutter und Großmutter sind tot, ihr Vater eine Bedrohung und ihr Zuhause abgebrannt. Das erträgt sie nicht. Der Schock, von einer vertrauten und geliebten Person verraten worden zu sein, hat sie zu tief verwundet.«

Verraten?, dachte Lili entsetzt, während Iloia leise in ihrem Kopf weitersprach.

»In ihrer Welt legt sie sich die Dinge so zurecht, wie sie sie sich wünscht. Die Realität existiert dort nicht mehr. Sie lebt in einem trügerischen Frieden, im Land hinter der Wirklichkeit, aber das ist ihr nicht bewusst. Es wird *deine* Aufgabe sein, ihr das verständlich zu machen.«

Lili schluckte. Das hörte sich nach einer gigantischen Herausforderung an.

»Weißt du, ein gesunder, starker Mensch weiß, wann er sich in einer Fantasiewelt befindet und wann nicht. Ein durch die Angst geschwächter Mensch kann Fantasie und Wirklichkeit nicht mehr unterscheiden. Die Angst hat sein Bewusstsein vernebelt und ihn von seinen Erinnerungen getrennt. Es war eine glückliche Fügung, dass Rosalie in die Pflege von Louisa gelangt ist. Nur durch ihr Mitgefühl und ihre aufrichtige Liebe konnte ich zu dem Mittel greifen, mich deiner zu bedienen.«

»Also hat Louisa recht«, sagte Lili. »Es ist etwas vorgefallen in jener Nacht, was Rosalie nicht ertragen konnte, und zwar bevor das Feuer ausbrach?«

»So ist es.«

»Was?«

»Ich werde es dir zeigen.«

Sanft berührte Iloia die Stelle zwischen Lilis Augen und mit einem Mal war sie in einer anderen Wirklichkeit.

★ ★ ★

Als Iloia sie zurückgeholt hatte, überkam Lili eine unbändige Wut. Was sie gesehen hatte, übertraf bei Weitem ihre schlimmsten Befürchtungen. Am liebsten hätte sie sich auf den Engel gestürzt, Smolly verdroschen oder irgendetwas zerstört. Wie konnte der Himmel so etwas zulassen? Doch als sie in Iloias Augen sah, erkannte sie die Wahrheit: Gut und Böse gab es für seinesgleichen nicht. Er beobachte ihren inneren Kampf voller Ruhe und Anteilnahme.

Dass Leid schlecht und Freude gut ist, waren menschliche Maßstäbe. Fragen und Zweifel maßte er sich nicht an. Das Geheimnis seiner Sachlichkeit und Stärke war sein unerschütterliches Vertrauen in die Mächte, die über ihm standen – in das, was die Menschen *Gott* nannten oder *den großen Plan.*

Wie gerne hätte sie sich ihm einfach angeschlossen. Doch das konnte sie nicht. Sie war eben ein Mensch und konnte und wollte das Fragen und Zweifeln nicht lassen. Natürlich stellte sie nicht infrage, dass es weit mehr gab, als die meisten Mensch erfassen konnten. Wie könnte sie auch, schließlich wurde sie als Grenzgängerin jeden Tag eines Besseren belehrt. Aber mitten in einem so komplizierten Auftrag, in so einem gefährlichen Abenteuer, vertraute sie dann doch lieber erst einmal auf sich selbst ... und ihre Freunde.

Sehnsucht übermannte sie. Zeit, die Sache in die Hand zu nehmen. *Zeit?* Sie fuhr zusammen. Sie hatte keine Ahnung, wie lange sie inzwischen weg war. Hier gab es so viel zu entdecken ... Doch jetzt schien der Augenblick gekommen, nach Hause zurückzukehren, denn wenn es etwas gab, das sie tun konnte, würde sie es bald tun müssen. Entschlossen wandte sie sich wieder Iloia zu.

»Wie kann ich helfen?«

»Nur eine Grenzgängerin kann die Mauer der Angst durchbrechen und in Rosalies Fantasiewelt eindringen. Du allein hast die Möglichkeit, Rosalie zu überreden, ihren Zufluchtsort zu verlassen und die Barrikade der Angst zu durchbrechen.«

»Und wie soll ich das anstellen?«

»Du musst ihr klarmachen, dass sie auf der Erde noch gebraucht wird, dass sie ihren Weg vollenden muss, damit das, was ihr Vater in die Welt gesetzt hat, an Kraft verliert und verwandelt werden kann. Wenn es dir gelingt, dass sie sich erinnert, kann sie es schaffen.«

»Das heißt, sie wird das alles noch einmal durchmachen müssen? Wie kann man sie so quälen?«

»Es gibt keinen anderen Weg. Du wirst sehr viel Einfühlungsvermögen und Geduld aufbringen müssen, damit sie dir nicht wieder entrissen wird.«

»Entrissen?«

»Ja! Im Niemandsland zwischen der realen Welt und dem Land der Fantasie können euch Feinde begegnen, Widersacher, Gegenspieler … Sie werden versuchen, Rosalie in die Klauen der Angst zurückzutreiben. Wenn ihnen das gelingt, ist sie für immer verloren.«

Lili schluckte: »Was sind das für Feinde?«

»Gedanken und Gefühle. *Böse* Gedanken und *schlechte* Gefühle, wie ihr sagen würdet, wie die Gier ihres Vaters oder der Geiz der Versicherungsagenten … wer weiß das schon? Sie alle werden dir in Bildern erscheinen und versuchen, dein Vorhaben zu durchkreuzen.«

Lili sah ihn entsetzt an. So hatte sie sich das nicht vorgestellt. Ihr Herz pochte aufgeregt. Iloia nahm sanft ihre Hand in seine. Sofort beruhigte sich Lilis Puls, und Zuversicht erhellte ihr Herz.

»Nur Mut. Es gibt auch Helfer. Louisas gute Gedanken, die Liebe Rosalies verstorbener Mutter und Großmutter, die Hilfsbereitschaft und Loyalität deiner Freunde. Solche Gedanken und Empfindungen sind ebenso starke Transporter. Halte einfach die Augen offen! Sei wachsam! Von dem Augenblick an, in dem du das Niemandsland betrittst. Halte nichts, auch nicht die geringste Kleinigkeit für unwichtig oder zufällig, dann wirst du es schaffen.«

Lili schwieg. Sie fühlte sich völlig überrumpelt. *Halt einfach die Augen offen!*, wiederholte Lili frustriert Iloias Worte in ihren Gedanken. *Ha, der hat gut reden. Er muss ja nicht in dieses blöde Niemandsland hinein ... Was verlangt er da bloß von mir?*

»Die Entscheidung steht dir selbstverständlich frei. Niemand wird es dir verdenken, wenn du ablehnst.«

Pah!, dachte Lili und die alte Wut flog sie kurz an. Wie sollte sie sich selbst je wieder in die Augen sehen, wenn sie es nicht versuchte – und erst den anderen?

Von wegen Freiheit! In Wahrheit hatte sie gar keine Wahl.

Das Maß ist voll!

Ariane saß im Büro des Staatsanwaltes und konnte es nicht fassen. Da sollte ihr noch einmal einer erzählen, das Gesetz diene dem Schutz des Volkes. Pah! Mit Gerechtigkeit hatte das nicht die Bohne zu tun. Da ging es einzig um Politik, Macht und Karrieren. Und wenn so einer wie *der da* (sie fixierte ihr Gegenüber mit unverhohlener Abscheu) es geschafft hatte, seinen Hintern in einen lederbezogenen Polstersessel zu drücken, dann würde er sicher nichts mehr unternehmen, was diesen *Hintern* in Gefahr brächte, sich mit weniger begnügen zu müssen.

Sie stand auf und stemmte die Hände auf den Schreibtisch aus poliertem Kirschbaumholz. Cornelius ahnte, dass sie kurz davor war, die Beherrschung zu verlieren, und sein Gesicht zuckte sofort in einer Mischung aus Bewunderung und Angst, dass sie ihn verraten könnte. Schließlich war *er* in den Laptop von Rosalies Vater eingebrochen, den die Kripo aus seinem Wagen vorübergehend beschlagnahmt hatte. Als er in der Akte darüber gelesen hatte, musste er nur noch warten, bis Rosalies Vater mit dem Ding online ging und ... bingo! Ein Kinderspiel –

bis jetzt, denn natürlich hatte auch *er* auf Arianes Anregung diese besorgniserregenden Daten kopiert, mit denen sie nun bereits seit einer geschlagenen Dreiviertelstunde versuchten, den Staatsanwalt zu einer Wiederaufnahme des Falls *Leon Lieblich* zu bewegen. Und, alle guten Absichten in Ehren, das war nun mal eine strafbare Handlung. Wenn Ariane sich dazu hinreißen ließ, die Quelle ihrer Informationen preiszugeben, wie es ihr Gegenüber zur Bedingung machte, dann war er geliefert.

»Das kann doch nicht wahr sein?«, polterte Ariane in diesem Moment los. »Sie erwarten doch nicht ernsthaft, dass ich meinen Informanten preisgebe, nur weil es Ihnen stinkt, dass wir Indizien gefunden haben, die Ihrer Mannschaft durch die Maschen gerutscht sind?«

Cornelius hatte es geahnt. Die Sache war auf dem besten Wege, in einer Katastrophe zu enden. Wie hatte er sich nur darauf einlassen können, allein mit Ariane hierher zu kommen, statt Leonore Jaworski oder Professor Leuchtegrund um Hilfe zu bitten? Klar, Ariane war ein echtes Powergirl, aber von Diplomatie verstand sie nun mal rein gar nichts.

Als er sah, wie das Gesicht des Staatsanwaltes rot anlief und die Ader an seiner Schläfe beachtlich anschwoll, beugte er sich vor und berührte sachte Arianes Arm. Doch diese zarte Geste genügte nicht, um seine Freundin zu Räson zu bringen. Wie eine lästige Fliege schüttelte sie ihn ab und ließ ihre flache Hand auf das Papier zwischen sich und dem Mann in der schwarzen Robe knallen.

»Da steht doch schwarz auf weiß, dass Rosalies Vater mehrfachen E-Mail-Kontakt zu einer Person hatte, die im Internet mit Schlafmitteln handelt, die bei einer Obduktion nicht nachweisbar sind. Was, glauben Sie, hat der Kerl vor, wenn nicht, seine Tochter umzubringen, sobald sie wieder bei ihm zu Hause ist? Er weiß, dass ihre Aussage ihn belasten kann, und er braucht die Kohle, die seine Mutter Rosalie vermacht hat. Er darf auf keinen Fall das Sorgerecht zurückbekommen, das wäre Rosalies Todesurteil. Wie können Sie diese Informationen in Händen halten und auch nur eine Minute zögern, den Fall gegen Rosalies Vater wieder aufzurollen?«

Man sah dem Staatsanwalt an, dass ihm äußerst unwohl war in seiner Haut. Er öffnete verärgert den obersten Knopf seines Hemdes, um sich Kühlung zu verschaffen.

»Ich sagte bereits, dass das nicht so einfach ist. Ich kann nicht mir nichts, dir nichts in eine Privatwohnung einbrechen und einen Computer beschlagnahmen, schon gar nicht einen, den meine Ermittler bereits gesichtet und freigegeben haben.«

«Sie haben es also vermasselt«, stellte Ariane fest und verschränkte trotzig die Arme vor der Brust.

»Und selbst wenn … Ich muss dem Gericht unseren Verdacht eindeutig nachweisen, was wohl äußerst schwierig werden dürfte. Selbst wenn der Richter diese E-Mails als Beweismittel zulässt, was er nicht tun wird. Solange wir davon ausgehen müssen, dass Sie sich diese Informationen auf illegalem Wege beschafft haben, kann das höchstens einen Verdacht erhärten, keinesfalls aber ein Verbrechen beweisen.« Er fummelte an seiner Krawatte herum und lockerte den Knoten ein wenig, um mehr Luft zu bekommen.

»Wir haben ja selbst den Verdacht, dass Rosalies Vater etwas plant, aber ohne den Nachweis für ein begangenes Verbrechen werden wir die Rückgabe des Sorgerechtes kaum verhindern können. Der Kerl hat sich im letzten Jahr nichts zuschulden kommen lassen. Er hat erfolgreich einen Alkoholentzug absolviert und an einer Therapie gegen seine Spielsucht teilgenommen. Dass er mit dem Brand und damit dem Tod von Rosalies Mutter und Großmutter irgendetwas zu tun hat, könnte einzig durch eine Aussage seiner Tochter bewiesen werden, mit der wohl bis in vier Tagen kaum noch zu rechnen ist.« Er hob kurz die Hände in die Luft und ließ sie dann resigniert wieder auf die glänzende Tischplatte sinken. »Was ich selber glaube oder befürchte, spielt dabei leider überhaupt keine Rolle.«

Er schob seinen Stuhl zurück und stand auf, als seine Sekretärin den Kopf durch die Tür steckte.

»Bitte entschuldigen Sie mich jetzt, ich habe noch einen Gerichtstermin.«

Ariane versuchte es noch ein letztes Mal. »Und wenn er es tut?«, fragte sie und fixierte den Mann erbarmungslos. »Wenn er sie umbringt und man ihm wieder nichts nachweisen kann? Wenn er das Geld kassiert, seine Schulden bezahlt und sich auf die Caymans absetzt?«

Der Staatsanwalt sah sie erstaunt an. »Wenn, wenn, wenn ... Was soll das? Ich habe Ihnen doch gerade erklärt, dass mir die Hände gebunden sind. In meinem Job muss man sich daran gewöhnen, dass man nicht alles aufklären und manches Unglück nicht verhindern kann. Es ist eben erst dann ein Verbrechen, wenn es geschehen ist. Ihren Idealismus in Ehren, junge Dame, aber wenn Sie tagtäglich mit solchen Fällen zu tun hätten, würden Sie bald erkennen, dass unsere Rechtsprechung nicht immer Gerechtigkeit schafft. Wir sind nicht das Gesundheitsamt! Vorsorge fällt nicht in unser Ressort. So ist das nun mal.«

Er wollte sich eben um Ariane herumdrücken, als diese ihm ein Foto von Rosalie vor das Gesicht hielt. »Das ist aber kein *Fall*.« Ihre Stimme drückte tiefste Verachtung aus. »Hier geht es um einen *Menschen*. Schauen Sie sich das Foto genau an, denn wenn dem Mädchen etwas passiert, haben Sie allein es auf dem Gewissen, und dann werde ich dafür sorgen, dass Sie nie wieder ruhig schlafen können.«

Der Staatsanwalt drückte seine Aktentasche an sich und starrte Ariane verblüfft an. »Wollen Sie mir etwa drohen?«

Cornelius, der inzwischen hinter dem Mann stand, sah entsetzt in Arianes Richtung und schüttelte abwehrend mit dem Kopf. So hatte er sie noch nie erlebt. Doch es half nichts.

Ariane wurde ganz leise. »Wenn dem Mädchen tatsächlich was passiert und ich das der Presse zuspiele, können Sie Ihren Hut nehmen«, wisperte sie kalt.

Cornelius stockte der Atem. Er konnte sich kaum rühren. Ariane wollte doch tatsächlich den Staatsanwalt erpressen. Sie musste verrückt geworden sein. Doch zu seinem großen Erstaunen rief dieser weder den Sicherheitsdienst noch verlor er die Fassung. Im Gegenteil. Nach einem endlosen Moment erdrückender Stille, in dem die beiden sich fixierten, nahm der Mann Ariane das Foto aus den Fingern und verließ ohne ein weiteres Wort den Raum.

★ ★ ★

Ulf Doldinger lief aufgewühlt mit langen Schritten den Flur entlang. Das engagierte Mädchen hatte ihn an jemanden erinnert, den er vor langer Zeit verloren hatte: an einen jungen Jurastudenten voller Ideale, der davon träumte, den Guten Gerechtigkeit widerfahren zu lassen und die Welt von den Schlechten zu befreien. Wann, fragte er sich schmerzlich, hatte er aufgehört, diese Träume zu verfolgen? Er war jetzt vierundfünfzig Jahre alt und bekleidete eine der mächtigsten

Positionen dieses Gerichts. Vielleicht war es an der Zeit, etwas zu riskieren und sich ein Mal, nur ein einziges Mal einen Traum zu erfüllen.

★ ★ ★

»Wenn ich dann bitten dürfte?«, forderte die Sekretärin sie freundlich auf und öffnete die Tür noch ein Stückchen weiter. Ariane und Cornelius standen beide noch immer auf demselben Fleck. Beiden war klar, dass sie sich in eine äußerst unangenehme Situation hineinmanövriert hatten. Cornelius wurde ganz schwach in den Knien, wenn er daran dachte, dass sich der Staatsanwalt höchst wahrscheinlich bei Professor Leuchtegrund über sie beschweren würde, bevor sie überhaupt in die Schule zurückgekehrt waren.

»Ich muss Sie jetzt leider bitten zu gehen«, erklang es noch einmal eindringlicher von der Türe her.

Endlich erwachte Ariane aus ihrer Starre, drehte sich auf dem Absatz um und stürmte aus dem Zimmer. Cornelius rannte hinterher.

»Ariane!«, rief er keuchend. »Verdammt, nun warte doch mal. ARIANE!« Mit Seitenstichen kämpfend, blieb er stehen und lehnte sich an das Geländer. Es hatte keinen Zweck. Er würde sie nicht mehr einholen.

Wie eine Besessene stürmte Ariane die breit geschwungene Treppe hinunter, nahm mehrere Stufen auf einmal, durchquerte das große Foyer des Gerichtsgebäudes und donnerte wie ein Düsenjet durch die Drehtür nach draußen, wobei sie eine Rechtsanwältin so schwer anrempelte, dass dieser ein Stapel Akten aus den Armen glitt und die Seiten sich wie ein Heer Ameisen in Sekundenschnelle über den glatten Marmor verteilten. Empört sah die junge Frau Ariane nach. Cornelius hinkte die Stufen hinunter und beugte sich, eine Hand immer noch in die stechende Seite gestützt, zu ihr herunter.

»Kann ich Ihnen vielleicht helfen?«

Ein vernichtender Blick traf ihn, dann ein kurzes Nicken.

Stumm kroch er auf dem gebohnerten Boden herum und stapelte Unmengen von Papierblättern übereinander, bevor er endlich auf die Straße entfliehen konnte.

Draußen blieb er erst einmal stehen und atmete tief durch, da sah er gegenüber an der Kreuzung Ariane stehen. Sie lehnte mit verschränkten Armen an einem Ampelpfosten und vermied es bewusst, in seine Richtung zu gucken.

Das sah ihr wieder ähnlich! Cornelius wusste genau, was in ihr vorging. Sie hatte es mal wieder versaut. Die Pferde waren mit ihr durchgegangen, und das war ihr auch vollkommen bewusst. Aber natürlich war sie viel zu stolz, es zuzugeben.

Außerdem glaubte sie – wieder einmal –, alles mit ihren guten Absichten entschuldigen zu können.

Aber diesmal nicht!, lehnte er sich innerlich gegen die Freundin auf. *Ich habe es satt, immer für dich den gutmütigen Trottel zu spielen.* Immer musste er den Schaden beseitigen, den sie angerichtet hatte, und dann wurde auch noch von ihm verlangt, dass er gute Miene zum bösen Spiel machte. *Sieh doch zu, wie du da wieder raus kommst. Ich habe für heute gründlich die Schnauze voll.*

Entschlossen drehte er sich zur Seite und spazierte davon.

Während er durch die Straßen schlenderte, die vor Hitze flimmerten, dachte er über die letzten zwei Jahre nach. Als er das Stipendium für das IHPBF bekam, war er weder erfreut noch traurig gewesen. Er hatte es erwartet. Die Konkurrenz bei dem Wettbewerb, den das Ministerium für Bildung ausgerufen hatte, war gegen ihn absolut chancenlos geblieben. Mutter Natur hatte seinen Intellekt mit dem an *Mehr* ausgestattet, das sie an seinem Aussehen gespart hatte, und ihn so gleich auf zweifache Weise von seinen Mitschülern isoliert. Er war nicht nur ein Milchbubi, er war auch noch ein hochbegabter Milchbubi – eine Mischung, die Freunde und vor allem Mädchen, meist zuverlässig fernhielt.

Durch die fehlenden Freunde hatte er seine Zeit einzig und allein seinen Begabungen gewidmet und so den bestehenden Vorsprung gegenüber seinen Altersgenossen ins Unerreichbare ausgebaut. Der Abschied von seiner alten Schule war ihm nicht schwergefallen, weil es schlicht und ergreifend niemanden gab, von dem er sich hätte verabschieden müssen. Der Computer und das Internet waren sein Zuhause geworden. Eines, das man überall hin mitnehmen konnte. Seine Freunde, das waren Buchstaben, Pseudonyme und Nicknames. Sie waren schwer einzuschätzen, weil man weder in ihren Augen noch an ihrem Tonfall ihre wahre Gesinnung erkennen konnte. So waren sie das Gebilde dessen, was sie zu sein vorgaben. Wie viel Lüge, wie viel Wahrheit, das wusste keiner, und es sollte auch keiner wissen. Und obwohl man sich als eine große virtuelle Familie bezeichnete, blieb ein Gefühl der Einsamkeit und Leere.

Dass er ausgerechnet am Institut für Hochbegabte und Personen mit besonderen Fähigkeiten *wirkliche* Freunde gefunden hatte, sollte ihn wohl eigentlich glücklich machen, stattdessen befand er sich in einem tiefen Konflikt.

Alles war so schnell gegangen, hatte ihn so überfallen. Die Menschen, die Wärme, die Nähe, aber auch die Auseinandersetzungen. Er war es nicht gewohnt, dass ständig etwas von ihm gefordert oder erwartet wurde, dass man ihn unverhofft aufsuchte oder ansprach. Die reale Gemeinschaft verlangte, auch einmal da zu sein, wenn es einem eigentlich gerade gar nicht passte, oder dass man sich mit etwas auseinandersetzen musste, mit dem man eigentlich gar nichts zu tun haben wollte. Sie befremdete ihn immer wieder. Ja, im *World*

Wide Web, da konnte man einschalten, wann man wollte, und man zog sich zurück, wenn man die Nase voll hatte. Man konnte sich abgrenzen und einbringen, wie es einem gefiel. Man bestimmte selbst, woran man sich beteiligte, wer gerade mit einem sprechen durfte und wie lange. Das war in der Gemeinsamkeit mit einem *echten* Gegenüber nicht möglich. Hier wurde man ständig gezwungen, sich mit Menschen oder Dingen auseinanderzusetzen. Sicher konnte man sich hier auch irgendwie aus der Affäre ziehen, wenn man das wollte, aber man musste das sehr viel behutsamer tun. Ein persönlicher Umgang miteinander war so viel komplizierter, erforderte mehr Mühe und es bestand immer die Gefahr, dass er eine Form annahm, die man nicht gewollt oder vorhergesehen hatte.

In der virtuellen Welt war Cornelius immer selbst der Lenker, und wenn es mal anders lief, als er wollte, dann gab es diesen herrlichen Knopf, mit dem man sich einfach entzog. Auf Nimmerwiedersehen. OFFLINE!

Nein, er hätte seine neuen Freunde gegen nichts auf der Welt mehr eingetauscht. Es war nur dieses Gefühl, das ihn jedes Mal in einer schwierigen Situation überfiel. Er fühlte sich wie ein Schiffbrüchiger. Wie ein Newbie im Netz, der noch von nichts eine Ahnung hatte und den die alten Nerds nach Strich und Faden verkohlen konnten. Hilflos, desorientiert und unerfahren.

Er mochte Ariane und Lili sehr, aber er hasste es, ständig ihren Launen und Ansprüchen ausgesetzt zu sein. Immer hatte er das Gefühl, unterlegen zu sein, trotz aller Intelligenz. Gegen den Willen und die Tatkraft der Mädchen war kaum anzukommen. Freundschaft hatte er sich nicht *so anstrengend* vorgestellt.

Einzig und allein in ihren Abenteuern, da fühlte er sich wieder sicher. Da hatte er einen Platz, wurde gebraucht. Da konnte er seine ganze Begabung einfließen lassen, war der Tüftler, das Genie, der unverzichtbare Retter. Ja, bei den Reisen ins Jenseits, da fühlte er sich wieder am rechten Platz, wusste genau, was er zu tun hatte. Dort hatte *jeder* seinen Platz. Wenn er Lili am Computer durch das Tor begleitete, war das, als ob er in eine neue virtuelle Welt eintauchte. Oder etwa nicht?

Nein!, dachte er. Da gab es einen sehr großen Unterschied: Was die anderen Surfer im Web erlebten, war ihm egal. Was ihnen passierte, hatten sie allein zu verantworten. Es interessierte ihn nicht, und letztendlich konnte ja keinem *wirklich* etwas passieren. Wenn Lili jedoch das Tor durchschritt, dann geschah das nicht um des Vergnügens willen oder aus Ablenkung. Es geschah, um einem anderen Menschen zu helfen, und Lili konnte in dieser anderen Welt sehr wohl etwas passieren. Das wollte er auf keinen Fall. Er trug Verantwortung. Man vertraute ihm. Es kam darauf an, dass er zur rechten Zeit das Richtige tat. Sein Handeln hatte Auswirkungen. *Das* war der Unterschied.

Als er den Bus in die Kreuzung einfahren sah, beschleunigte er seinen Schritt.

Lili! Sie stand vor einer schweren Entscheidung. Wenn sie sich für Ja entschied, würde sie sich großer Gefahr aussetzen.

Bellinda! Sie hatte achtundvierzig Stunden lang geschlafen und war langsam dabei, sich zu erholen. Man musste sie entlasten. Ihr Herz machte so viel Aufregung nicht mehr lange mit.

Ariane! Ihre Schroffheit war doch auch nichts anderes als Hilflosigkeit. Wenn's eng wurde, hatte sie immer zu ihm gestanden ...

Als der Bus hielt, fing er an zu rennen. *Nein!* Er würde seine Freunde auf keinen Fall hängen lassen!

Eine schwere Entscheidung

Ariane und Cornelius hatten gehofft, Lili noch sprechen zu können, die sich nach dem Fiasko auf Ebene zwei erst einmal hatte
erholen müssen. Als sie ins IHPBF zurückgekehrt waren, war
Lili jedoch bereits zu Dr. Jaworski gerufen worden, wo sie vermutlich eine ordentliche Standpauke erwartet hatte. Von Hanni
erfuhren sie, dass Esther ihnen ausrichten ließ, dass ein wichti-
ges Meeting in Professor Leuchtegrunds Büro angesetzt worden
war, das in Kürze begann. So konnten sie Lili in die jüngsten
Ereignisse nicht mehr einweihen, was ihnen ein mulmiges Gefühl in der Magengegend verursachte.

»Was, wenn Staatsanwalt Doldinger uns bereits bei Leuchtegrund verpfiffen hat?«, überlegte Ariane laut, während sie den
breiten Flur zum Büro des Direktors entlangliefen. »Oder wenn
Esther uns fragt, wo wir heute Nachmittag waren?«

Cornelius zuckte nur mit den Schultern. Er war zu nervös, um
zu antworten.

Ariane schien es auch nicht zu erwarten und redete einfach
weiter vor sich hin. »Zu blöd, dass wir Lili nicht mehr einweihen

konnten. Dir ist schon klar, dass sie sofort merken wird, wenn wir lügen?«

Als von Cornelius nur eine leises »Hmm ...« kam, blieb sie stehen und hielt ihn am Ärmel zurück. Endlich sah er sie an.

»Das ist dir doch klar?«

»Ja, sonnenklar.« Er hatte jetzt wirklich keine Lust, noch weiter über die Folgen ihres Handelns nachzudenken. Nur zwei Meter vor ihnen lag Leuchtegrunds Büro. Was auch immer passieren würde, es war nicht mehr zu ändern.

Doch Ariane gab nicht nach. »Wenn die Erwachsenen erfahren, dass wir im Alleingang den Staatsanwalt aufgesucht und ihm gedroht haben, wird das vermutlich unseren ganzen Plan platzen lassen.«

Nun wurde es Cornelius doch zu bunt. Er riss sich los und ließ die letzten Meter hinter sich. Ariane folgte ihm, während er klarstellte: »*Wir*? *Unser* Plan?« Er glaubte seinen Ohren nicht zu trauen. »Das Ganze war jawohl allein *deine* bescheuerte Idee, also hör auf zu jaulen, wir sind da ...«, und während Ariane sprachlos vor Staunen dastand, drückte er entschlossen die Klinke herunter und öffnete die Tür.

Als sie das Büro betraten, sah der Direktor des IHBPF ihnen mit undurchdringlichem Blick entgegen. Esther war damit beschäftigt, ihren berühmten Eistee auszuschenken, und Leonore stand mit düsterem Blick am Fenster und redete leise auf Leuchtegrund ein. Lili stopfte gerade ein dickes buntes Kissen in Bellindas Rücken, damit sie auf dem viel zu schmalen Ledersofa auch bequem sitzen konnte. Ihr Gesicht verriet Erleichterung, als sie die Freunde kommen sah, und sie ging sofort zu ihnen.

»Wo wart ihr denn so lange? Ich hab euch vorhin ewig gesucht.«

Vor lauter Aufregung merkte sie gar nicht, dass weder Ariane noch Cornelius antworteten, sondern mit verstimmten Mienen vor sich hin stierten.

»Ihr ahnt ja nicht, was für 'nen Anschiss ich kassiert habe. Leonore war fuchsteufelswild. Ehrlich, sie hat mich fast zerlegt nach dem, was ich mir auf Ebene zwei geleistet habe. Ich wette, dass sie mir nicht erlaubt, nach Rosalie zu suchen«

»Und das wundert dich?«, zischte Ariane leise. Auch sie hatte noch nicht vergessen, in welche Gefahr Lili sich gebracht hatte, und die Angst um sie noch nicht verwunden.

Erschrocken sah Lili sie an. Mit Abweisung von dieser Seite hatte sich nicht gerechnet. Auch Cornelius hob erstaunt die Augenbrauen.

Doch Ariane merkte es nicht und es war ihr auch egal. Sie hatte für heute genug Stress gehabt. »Ist doch wahr«, nörgelte sie weiter. »Erst bringst du dich vor lauter Neugier fast um, und dann erwartest du auch noch, dass wir alle Juchu schreien, oder was? Kannst du dich nicht ein Mal an die Regeln halten?«

Für einen kurzen Moment blieb Lili die Spucke weg, doch dann kam die Wut. »Und das sagst ausgerechnet du?«, protestierte sie. »Als ob du dich schon jemals an irgendwelche Regeln gehalten hättest. Ich bin erstaunt, dass du das Wort überhaupt kennst.«

»Wenigstens kenne ich genau meine Grenzen und muss mir nicht ständig von anderen den Arsch retten lassen ...«

Das war heftig! Cornelius holte tief Luft. Auch Esther schaute alarmiert zu ihnen herüber.

»Mädels, hört auf«, versuchte er die beiden zu beschwichtigen. »Die anderen gucken schon.«

Doch Ariane und Lili kamen jetzt erst richtig in Fahrt.

»Ach ja, wenn ich mich recht erinnere, haben wir dir und Karl Düster erst vor Kurzem *den Arsch gerettet*«, konterte Lili und die beiden Mädchen funkelten sich wütend an.

»Das war ja wohl was ganz anderes«, wehrte sich Ariane leise und entschieden. »Dass ich gekidnappt wurde, dafür kann ich ja wohl nichts, währ...«

»Von wegen«, unterbrach Lili eiskalt. »Wenn du nicht ständig irgendeinen Scheiß im Alleingang starten würdest, wäre das überh...«

Cornelius Kopf flog hin und her. Er stöhnte. Beide hatten recht, aber das brachte sie jetzt auch nicht weiter. »Schluss damit«, rief er und wurde nun ebenfalls wütend. »Hört sofort auf«, entfuhr es ihm lauter, als es beabsichtigt war. »Wie bescheuert kann man denn eigentlich sein?«

Auf einmal trat Ruhe ein. Ariane und Lili sahen ihn völlig perplex an. Sofort wurde er rot, ließ sich aber nicht irritieren.

»Wenn ihr nicht sofort aufhört, pack ich meine Koffer und hau ab«, setzte er noch einen oben drauf und konnte es selbst kaum glauben. »Euer Gezicke ist ja nicht zum Aushalten!«

Die Augen der Mädchen wurden noch größer.

Jetzt bloß nicht einknicken, Alter, machte er sich selbst Mut. »Und was die Alleingänge betrifft, da schenkt ihr euch beide überhaupt nichts. Echt nich. Ich muss es jawohl wissen.«

»Ganz richtig, Nele, wie ich sehe, bist du mal wieder der einzig Vernünftige in dieser Runde.«

Die Mädchen fuhren herum. Ohne dass sie es gemerkt hatten, war Esther zu ihnen getreten. Mit dem Tablett voller Eistee stand sie vor ihnen und sah sie aus ihren grauen Augen prüfend an. »Und wenn ihr euch nicht sofort am Riemen reißt, meine Süßen, dann ist der gute Nele hier nicht der einzige, der packen geht«, fügte sie sanft, aber unmissverständlich hinzu.

Lili und Ariane sahen sich an. In beiden brodelte es, doch Esther konnten sie einfach nicht widerstehen. Langsam, ganz vorsichtig, schlich sich ein Grinsen in ihre Gesichter.

Cornelius atmete erleichtert aus. Die Situation entspannte sich. Doch bevor Ariane und Lili auch nur die Chance hatten, sich zu erklären, fuhr Esther fort. »Na, was ist«, fragte sie schmunzelnd und sah in diesem Augenblick aus wie Samantha, ihre dicke orangefarbene Katze. »Will vielleicht einer Eistee? Wenn ich das Ding hier noch länger halten muss, fault mir der Arm ab.« Auffordernd hielt sie ihnen das Tablett entgegen.

Das war so umwerfend komisch, dass die Mädchen lachend zugriffen. Doch bevor sie Zeit hatten, das köstliche Getränk an ihre Lippen zu heben, klatschte Leonore laut in die Hände. Das Meeting begann.

»Mein Lieben, bitte setzt euch.« Noch einmal schlug sie ungeduldig die Hände aneinander, und nachdem alle ihrer Aufforderung nachgekommen waren, fuhr sie fort. »Wie wir alle wissen, sind wir heute hier zusammengekommen, um darüber zu entscheiden, ob Lili der Bitte, die die Leuchtenden an sie herangetragen haben, nachkommt oder nicht. Jeder von uns weiß, dass Lili noch sehr jung ist. Durch das Tor zu gehen, hat sie bereits vor enorme Herausforderungen gestellt, denen sie sich nicht immer ...«, sie räusperte sich, »... gewachsen gezeigt hat.« An dieser Stelle traf Lili ein vielsagender Blick.

Sie errötete, hielt ihm aber stand. Leonore hatte es ja eben selbst gesagt. Sie war jung. Wer also wollte ihr einen Vorwurf machen? Schließlich stand sie hier nicht vor Gericht und keiner ihrer Freunde konnte sicher sein, dass er den Versuchungen der anderen Welt nicht ebenso erliegen würde. Kein Grund also, sich zu verstecken. Sie hatte getan, was sie konnte, und schließlich immer Erfolg gehabt. Sollte Leonore ruhig weiter die besorgte Oberlehrerin raushängen, es würde sowieso nichts nützen, denn sie hatte sich längst entschieden.

Immer noch sah Leonore sie durchdringend an, als ob sie genau wusste, was ihre Schülerin gerade dachte. Ruhig sprach sie weiter: »Bisher waren dies nur Kleinigkeiten und es ist immer gut ausgegangen. Doch was heute auf Ebene zwei passiert ist, hat eine völlig andere Dimension.« Sie legte eine bedeutungsvolle Pause ein. »Es hat leider deutlich gezeigt, dass Lili der auferlegten Verantwortung noch nicht wirklich gewachsen ist und ... es hätte sie beinahe das Leben gekostet.«

Na super, dachte Lili. *Das war's dann wohl.* Alle sahen zu ihr herüber! Nun senkte sie doch den Blick. Auch wenn es sie maßlos ärgerte, Leonore hatte leider nicht ganz unrecht und meinte es letztlich nur gut mit ihr, das war ihr klar. In den Blicken der Freunde zu erkennen, dass ein jeder von ihnen um sie gebangt hatte, machte sie verlegen.

»Im Fall von Rosalie«, fuhr Leonore ein wenig milder fort, »liegen die Dinge *noch* einmal anders. Hier würde Lili nicht nur durch das Tor reisen, sondern direkt in das Bewusstsein des Mädchens. Das jedoch ist eine Aufgabe, die in Raouls Lehrbuch zwar ausführlich beschrieben wurde, von der wir aber keinerlei Überlieferungen besitzen. Niemand weiß, ob und wenn ja, mit welchem Erfolg sie überhaupt schon einmal von einem Grenz-gänger gemeistert wurde.«

Als ein allgemeines Raunen ertönte, hob sie die Stimme, um das Gemurmel zu überlagern. »Und als ob das noch nicht genug ist, wäre Lili bei dieser Aufgabe absolut auf sich allein gestellt. Denn an diesen Ort darf sie niemand begleiten; kein Smolly, kein Markward, kein Engel ... niemand. Wie Iloia bereits sagte, ist der Bereich der Fantasie eines Menschen für alle Wesen, egal welcher Ebene, absolut tabu!«

Betretenes Schweigen machte sich breit, doch Leonore hatte kein Mitleid. »Was das heißt, brauche ich wohl nicht ausführlich zu schildern, nicht wahr? Wenn Lili nicht stark genug ist, den Widersachern zu widerstehen, oder es nicht schafft, Rosalies Erinnerungen der Angst zu entreißen, geschweige denn, das Mädchen dazu zu bringen, sich auch wirklich erinnern zu wollen, sind *beide* für immer verloren.«

Da niemand etwas erwiderte, nahm auch sie jetzt Platz und griff nach dem Eistee, um ihre trockene Kehle zu befeuchten.

»Danke, Leonore, für diese klaren Worte, die auszusprechen wohl unumgänglich war.«

Es war Eugen Leuchtegrund selbst, der aufgestanden war und nun das Wort ergriff. Nachdenklich rückte er seinen Zwicker zurecht. »Natürlich verstehe ich, dass diese Aussichten erst einmal wenig erquicklich wirken. Sicherlich ist jedem von euch klar, dass nicht nur auf Lili, sondern auf uns allen eine große Bürde liegt.« Langsam ließ er seinen Blick über alle Gesichter gleiten. »Als Erwachsene und deine Lehrer tragen wir für dich, Lili, nun einmal die Verantwortung, auch wenn du das nicht gerne hörst.« Als Lili aufblickte, sah er sie freundlich und ohne Vorwurf an. »Und die, die dich bei deinen Aufgaben als treue und loyale Freunde begleiten, würden …«, nun traf sein Blick Ariane und Cornelius, » … – auch wenn sie noch nicht die volle Verantwortung für ihr Handeln und ihre Entscheidungen tragen – sicherlich nie wieder glücklich werden, wenn dir etwas zustieße.«

Beide pressten stumm die Lippen aufeinander.

»Daher schlage ich vor, dass wir alle ein paar Minuten im Stillen nachdenken und das Für und Wider dieses Einsatzes sehr genau abwägen. Dann werden wir jeden einzelnen anhören, und später darf jeder seine Empfehlung anonym abgeben.«

Bei dem Wort *anonym* blickten alle erstaunt und doch auch unmissverständlich erleichtert auf. Damit hatte keiner gerechnet, aber es sagte auch keiner etwas dagegen.

Eugen Leuchtegrund nickte weise. »Anonym deshalb«, erklärte er, »da die letztendliche Entscheidung Lili ganz alleine treffen muss. Da ich mir ganz sicher bin, dass jeder in diesem Raum Lili bedingungslos beistehen wird, wenn sie sich für dieses anspruchsvolle Unternehmen entscheiden sollte, egal, wie seine Stimme auch ausgefallen sein mag, sollen sich auch nach der Abstimmung alle ihr gegenüber absolut frei fühlen. Einschließlich ihrer selbst.«

Alle nickten. Das war ein sehr faires Verfahren. Für ein paar Minuten war es ganz still im Büro des Direktors. Jeder hing seinen Gedanken nach. Dann begann eine ruhige, konzentrierte Diskussion.

Nachdem jeder seine Meinung erläutert hatte und alle ihre Empfehlung aufgeschrieben und die Zettel in eine Tasse geworfen hatten, zählte Professor Leuchtegrund die Stimmen aus. Gewissenhaft machte er für jedes Ja und Nein einen Strich auf seinem Block. Dann zündete er die Stimmzettel in der Tasse an und wartete, bis sie verglommen waren. So konnte niemand im Nachhinein an der Handschrift erkennen, wer wie gestimmt hatte. Alle warteten gespannt.

»Drei zu drei«, verkündete er mit fester Stimme.

»Drei zu drei? Aber das sind nur sechs Stimmen. Wir sind sieben«, unterbrach ihn Ariane irritiert.

»Richtig. Ich war auch noch nicht fertig.«

Ariane klappte den Mund wieder zu und setzte sich auf ihren Stuhl zurück.

»Einer von uns hat einen leeren Zettel abgegeben, was ich als Enthaltung werte und respektiere.«

Als niemand protestierte, wand er sich Lili zu. »Brauchst du noch Zeit zum Nachdenken, mein Kind?«, fragte er sehr liebevoll und sah sie prüfend an.

Lili setzte sich aufrecht hin und schüttelte den Kopf. Das *Kind* überhörte sie großzügig. »Nein, ich habe mich entschieden. Ich bin euch wirklich sehr dankbar, dass ihr euch alle solche Sorgen um mich macht, und ...« Auf einmal traten ihr Tränen in die Augen, sodass Esther sanft ihre Hand drückte und ihr verständnisvoll und aufmunternd zunickte. »Und dass ihr alle zu mir steht, obwohl ich erst heute Morgen so viel ... Mist ... gebaut habe ...«

Ariane beugte sich grinsend vor. »Aber?«

Lili holte tief Luft. »Aber ich werde es tun!«

Nun war es raus und alle, ja, ausnahmslos alle, hatten mit dieser Antwort gerechnet und wurden gegen ihren Willen sogleich von prickelnder Aufregung durchflutet.

Alle, bis auf Leonore Jaworski, deren Gesichtsausdruck undurchschaubar war. Doch sie sagte kein Wort.

Niemandsland

Cornelius stand völlig neben sich, wie immer, wenn sie etwas taten, von dem niemand etwas wissen durfte. Und diesmal bewegten sie sich weiter als je zuvor über die üblichen Grenzen hinaus. Weil Rosalie nicht zu ihnen kommen konnte, mussten sie direkt vor Ort arbeiten – in einem alten Isolationsflügel direkt im Kloster, denn hier war Rosalie aufgrund ihres Zustands untergebracht worden. So konnte Louisa sich besser um sie kümmern. Eigentlich hätten sie für ihre Aktion die Genehmigung der Klosterleitung gebraucht, doch daran war natürlich nicht zu denken gewesen. Und deswegen wurden sie nun heimlich ins Kloster eingeschleust – wobei keinem von ihnen richtig wohl war.

»Nun mach schon«, rief Ariane und winkte Cornelius gehetzt heran. »Wir müssen oben sein, bevor die alten Schachteln was merken.« Schnell eilte sie ein paar Schritte durch den Klostergarten zurück und ging ihrem Freund zur Hand, der unter den schweren Instrumenten und Koffern ins Straucheln gekommen war.

Ariane entriss ihm zwei der Koffer. »Was ist? Willst du hier stehen bleiben, bis die Pinguine dich entdecken, oder was?« Ohne seine Antwort abzuwarten, hastete sie weiter.

Cornelius starrte ihr verwirrt hinterher und zuckte zusammen, als Dr. Jaworski direkt hinter ihm die Tür des blauen VW-Busses zuschlug und Otto im Seitenspiegel ein Zeichen gab, so schnell wie möglich zu verschwinden. Forschend blickte sie ihn an.

»Sie meint die Nonnen«, half sie ihm und an ihrem Tonfall konnte man deutlich hören, was sie von Arianes respektloser Formulierung hielt.

Jetzt begriff auch Cornelius und drückte sein Equipment noch fester an sich, während er dem Wagen hinterhersah, der langsam und so leise es ging über den geharkten Schotterweg des Klosters davonrollte. Für einen kurzen Moment erwog er, dem Bus hinterherzurennen und ebenfalls zu verschwinden, doch dann besann er sich und eilte Leonore hinterher, die schon fast an der kleinen spitzen Holztür angekommen war, in der Louisa ungeduldig wartete.

»Schnell, die Vesper ist gleich aus. Man darf uns auf keinen Fall entdecken.« Ängstlich blickte die Novizin noch einmal auf die Uhr an ihrem Handgelenk, deren Zifferblatt 19 Uhr 30 meldete.

Keuchend hetzten sie den anderen über die schmalen, ausgetretenen Stiegen des Westturms hinterher und gelangten völlig außer Atem in den Korridor der Isolierstation.

Als sie durch die Zimmertür schlüpften, duftete es dort bereits herrlich nach frisch gebrühtem Kaffee. Esther hatte sich an dem kleinen Besuchertisch in der Ecke am Fenster zu schaffen gemacht und richtete soeben einen Korb mit belegten Brötchen und Gebäck her. Der herrliche Duft der frischen Backwaren und des Kaffees bildete einen wohligen Gegensatz zum kalten Licht der Neonröhren und dem ätzenden Gestank nach Desinfektionsmitteln. Sicherheitshalber hatten sie die Jalousien vor den Fenstern heruntergelassen.

Ariane und Professor Leuchtegrund schoben soeben ein zweites Bett neben das von Rosalie. Es war für Lili, die die Aktion mit gemischten Gefühlen beobachtete. Der Rest des Raumes bot gerade noch Platz für ein paar Stühle und einen provisorischen Klapptisch, den Cornelius sofort in ein Hightechstudio verwandelte. Bellinda saß ein wenig verloren in einem Sessel neben der Tür und hob vorsichtig ihre Kugel aus ihrem Koffer.

Rosalies Husky Nut, saß hechelnd am Kopfende ihres Bettes und beäugte nervös und misstrauisch, was um seine Herrin herum geschah. Sie hatten nicht gewagt, ihn aus dem Zimmer zu schaffen, aus Angst, dass sein aufgeregtes Gebell sie sofort verraten hätte.

Keinem von ihnen war wohl in seiner Haut. Sie wussten, dass sie mit dem, was sie taten, mehr als nur eine Grenze übertraten. Sie hatten weder das Einverständnis des Jugendamtes noch das der Klosterleitung und bewegten sich daher mal wieder am Rande der Legalität. Außerdem war allen klar, dass Louisa im schlimmsten Fall exkommuniziert werden könnte, wenn heraus kam, welch geheimnisvollen Mächten sie sich heute öffnete. Immerhin! Verbrennen würde man sie nicht mehr, aber ihre Hochzeit mit dem Herrn würde mit Sicherheit platzen, so viel stand fest.

Lili trank noch einen kräftigen Tee, den ihr Esther aus einem ihrer vielen Kräuterschätze gebraut hatte. Ariane fragte sich jedes Mal, wie sie das bittere Zeug nur runterbekam, und manchmal war es Lili selbst ein Rätsel, wenn das Gebräu wie heute nicht nur bitter roch, sondern geradezu grauenvoll schmeckte. Doch ihre Großmutter versicherte ihr, dass Salbei nicht nur viele gute Eigenschaften für den Leib, sondern auch für die Seele hätte.

»Trink, mein Schatz. Es schmeckt zwar furchtbar, aber es hält Böses fern, zieht das Glück an und lässt die Gedanken ruhig und klar werden.« Sie zwinkerte Lili aufmunternd zu. »Was kann ein bisschen Aberglauben schon schaden, wenn man vorhat, sich auf so seltsame Reisen zu begeben, wie es Grenzgänger nun einmal tun, nicht wahr?«

Also kippte Lili das Zeug herunter. Esther hatte recht. Die heutige Reise würde wieder etwas ganz und gar Neues sein. Hatte sie sich wirklich richtig entschieden oder war sie einmal mehr dabei, sich zu überschätzen? Sie kannte sich ja nicht mal im Reich hinter dem Tor richtig aus, und nun wollte sie in das Bewusstsein eines anderen Menschen reisen. Suggestion! Sie hatte bereits in ihrer ersten Unterrichtstunde bei Leonore darüber gelesen und sich darin geübt. Sie erinnerte sich … Nun war es also so weit. Zum ersten Mal würde sie nicht einfach nur Gegenstände bewegen, sie würde den Willen eines Menschen beeinflussen!

Wenn ich es verpatzte, werden wir wahrscheinlich beide sterben oder für immer im Niemandsland dahindämmern, grübelte sie. Doch hatte sie wirklich eine Wahl? Alle Hoffnungen lagen auf ihr und ihren Fähigkeiten … Auf einmal war Lili sich gar nicht mehr so sicher, ob diese Gabe wirklich ein Geschenk oder vielmehr ein Fluch war. *Jetzt bloß nicht einknicken*, ermahnte sie sich schnell.

Entschlossen wischte sie die Gedanken beiseite. Sie hatte sich entschieden, und damit basta. Jetzt blieb ihr nur noch eins, wenn ihr Vorhaben erfolgreich enden sollte: Vertrauen!

Ihr Teepott traf den Nachttisch mit solcher Wucht, dass dieser ein Stück zur Seite rollte und gegen Cornelius Klapptisch stieß.

Erschrocken fuhr er von seinem Laptop hoch und sah zu ihr herüber. Lilis Knie waren butterweich, doch ihr Blick zeigte Kampfgeist. Mit eisernem Willen und zusammengepressten Lippen nickte sie ihrer Lehrerin zu. Das war das Zeichen! Leonore Jaworski nahm es mit ernster Miene zu Kenntnis und stand seelenruhig auf.

Noch einmal sah Lili jedem ihrer Freunde in die Augen, dann ließ sie sich in die weichen Kissen sinken. Kaum einer wagte zu atmen, als sie die Kappe aufsetzte, sich den Spiegel vors Auge schob und den winzigen Stöpsel ins Ohr steckte. Cornelius fuhr den Rechner hoch und nickte ihr seinerseits zu. Selbst Nut merkte, dass ein besonderes Ereignis bevorstand, wurde unruhig, sprang aufs Bett und legte sich mit schlagender Rute zu Rosalies Füßen nieder. Er ließ sein Frauchen nicht aus den Augen.

Lili schloss die Augen, suchte Ruhe und Konzentration. Diesmal war es schwieriger, ihren Atem zu kontrollieren und den rennenden Puls einzufangen, doch schließlich schaffte sie es und ihr wurde warm und wärmer, bis ihr vor Anstrengung und Konzentration der Schweiß aus den Poren kroch. Draußen zog schon wieder die Dämmerung heran, wie ein Vogel mit mächtigen Schwingen, der sich auf sein Nest niederließ ... Glockenklang in weiter Ferne ... Schmetterlinge flogen von Kelch zu Kelch, bevor der Abendwind die Blüten schloss. Dann

Dunkelheit und Stille. Lili rückte näher an die regungslose Rosalie heran, nahm ihre Hand. Ihr Puls vereinte sich mit dem des Mädchens. Sanft begann sie in Gedanken mit Rosalie zu sprechen, streichelte ihre verkrampften Finger, bis sie sich entspannten, kuschelte sich an sie, rief ihren Namen ... wieder und wieder ...

Da! ... Endlich eine zarte Antwort, aus weiter Ferne. Was sie sagte, verhallte nicht mehr, traf auf etwas, ein anderes Bewusstsein? – ...

★ ★ ★

»Rosalie?«

Plötzlich stand Lili auf festem Boden. Sie öffnete die Augen, was gar nicht einfach war; ihre Lider waren wie zugeklebt.

Um sie herum war nichts als harter Fels, graues Gestein und Geröll. Über ihr ein unendlicher grauer Himmel, an dem die Wolken wie eine Herde Büffel alle in dieselbe Richtung jagten. Getrieben, gehetzt, als hätten sie alle dasselbe lang ersehnte Ziel in der Ferne.

Lili sah sich um. Sie befand sich auf einem hohen Felsplateau, welches nur wenige Schritte weiter vorn in einer steilen Klippe endete und tief hinabstürzte. Vor ihr, weit unten, lag eine unendliche Ebene aus verdorrten Feldern, dunklen Wäldern und ganz hinten, am Horizont, meinte sie das Glitzern eines breiten Flusses zu erkennen.

Dann, als sie noch ein paar Schritte näher an die Kante herantrat und vorsichtig auf allen vieren bis an den Klippenrand kroch, erkannte sie eine Schneise. Etwas Großes, Gewaltiges musste sie in dieses Land geschlagen haben. Ein Wirbelsturm, eine mächtige Windhose oder eine Horde unbekannter Ungeheuer war hier hindurchgefegt und hatte nichts als zerstörte Erde hinterlassen, einen Pfad der Verwüstung in die Einöde gefräst, dem ihre Blicke nur mit Schaudern folgten.

Schweigend kroch sie zurück, richtete sich beklommen auf und machte sich an den Abstieg. Sie wusste: Am Ende dieser Schneise würde sie finden, wonach sie suchte!

★ ★ ★

Weit entfernt saß Staatsanwalt Ulf Doldinger an seinem Schreibtisch und knallte mit voller Wucht den Hörer zurück auf die Gabel. Das Telefon war ein antikes Stück. Er hatte es erst vor Kurzem auf einer Auktion ersteigert. Das Sammeln von Antiquitäten war eine seiner Leidenschaften und sein Büro war voll davon. Er war ein kleiner, kräftiger Mann, dessen Körperumfang sich in den letzten Jahren seiner Haupteshöhe bedrohlich angenähert hatte. Sein rundes, glattes Gesicht endete in einem massigen Doppelkinn, das seinen Hals versteckte und den Eindruck entstehen ließ, sein Kopf säße direkt auf seinen Schultern. Seine buschigen Augenbrauen hatte er bedrohlich zusammengezogen, auf seinen Wangen zeigten sich rote Flecken und seine fleischigen Lippen bebten vor Zorn. Soeben hatte er dem zuständigen Richter erklärt, dass er gedenke, die Ermittlungen im Fall Leon Lieblich wieder aufzunehmen und zwar wegen Brandstiftung und anderer Delikte, worauf dieser alles andere als amüsiert gewesen war.

Leon Lieblich! Doldinger schüttelte sich innerlich. Einen unpassenderen Namen hätte dieser Mann nicht tragen können. Die Erinnerungen an die vergangenen Gerichtstermine schwemmten zurück in sein Bewusstsein und er sah den Mann vor sich: groß und vierschrötig, mit blonden Locken und einem aufgedunsenen, roten Gesicht. Aus den vom Suff unterlaufenen Augen sprach so ziemlich alles außer Lieblichkeit.

Früher mochte er einmal ein breitschultriger starker Kerl gewesen sein, einer, der den Frauen gefallen hatte; heute jedoch hatten Alkohol und Spielsucht Körper und Geist ruiniert. Zugegeben, als er ihn bei der Anhörung für das Sorgerecht wiedergesehen hatte, war er erstaunt gewesen. Lieblich hatte abgenommen, seine Augen blickten wieder klar und seine Worte waren gut gewählt und ordentlich artikuliert, doch über seinen verdorbenen Charakter hatte das nicht im Geringsten hinwegtäuschen können. All das war natürlich auch Totsch aufgefallen, doch der Richter wollte von einer Wiederaufnahme trotzdem nichts wissen.

Es war nicht das erste Mal, dass er und sein alter Verbindungsbruder sich in einer Sache nicht einig waren, und normalerweise tat das ihrer Freundschaft keinen Abbruch. Doch diesmal lag die Sache anders: Rein bürokratisch gesehen hatte Totsch nämlich recht. Die Beweislage war eindeutig zu dünn. Dies war ein Grenzfall. Urteile, die in diesem Fall gesprochen wurden, würden Präzedenzfälle schaffen. Außerdem handelte es sich um ein hilfloses kleines Mädchen, dessen Schicksal die öffentlichen Emotionen gewaltig anheizen würde. Hier auf reine Indizien, ja sogar Vermutungen zu bauen, wäre das Ende ihrer beider Karriere. Die Presse würde sich darauf stürzen und die Geschichte ausweiden.

Und doch hatte Ulf Doldinger da so ein Gefühl. Er wusste nicht, was für eins und wieso und woher, nur, dass dieser Fall für ihn persönlich wichtig geworden war. War es das schlechte Gewissen? Der Wunsch, nur ein einziges Mal gegen alle Paragrafen und Artikel das zu tun, was er wirklich als richtig empfand? Totsch machte ihm dabei nicht wirklich Sorgen. Doldinger kannte Theobald Täschner schon seit der Studienzeit. Sie waren in derselben Burschenschaft gewesen. Wenn's drauf ankam, würde Totsch ihn nicht hängen lassen. Zumindest hoffte Doldinger das.

Mit seinen kurzen Fingern zündete er sich eine Pfeife an und inhalierte tief, stieß den Rauch aus und blickte ihm lange hinterher. Wenn er auch nur noch einen Funken Vernunft besäße, dachte er bei sich, würde er diesen Fall sofort abgeben. Totsch hatte recht, er war zu weich. Er durfte sich auf keinen Fall persönlich engagieren, damit würde er sich um Kopf und Kragen bringen. Doch dieses Gefühl! Verflixt, er konnte einfach nicht anders. Dieses junge Mädchen hatte ihm imponiert. Ihre Blicke hatten ihn durchbohrt und ihre Verachtung hatte ihn bis ins Mark getroffen. Er war ihr einmal sehr ähnlich gewesen.

Wieder inhalierte er den süßlichen Tabak, der seine Frau immer an das Aroma von altem spanischem Portwein erinnerte und der ihm beim Ausstoßen so seltsam auf der Zunge klebte. Er nahm die alte Meerschaumpfeife aus dem Mund und hielt sie ein Stück von sich weg, um ihren wunderschönen Kopf zu betrachten. Sie zeigte den bärtigen und spitzohrigen Kopf eines Zentauren, einer der weisesten Figuren der griechischen Mythologie und berühmt für seine prophetische Gabe. Ein Erbstück seines Urgroßvaters.

Törichter, dummer Narr!, schallt er sich selbst. *Du wirst doch auf deine alten Tage nicht noch sentimental werden?*

Dann beugte er sich vor und unterzeichnete den Antrag für das Wiederaufnahmeverfahren.

Der Pfad der Verwüstung

Donnergrummeln rollte durch die Dämmerung, vom spärlichen Licht niederzuckender Blitze durchbrochen. Windböen, kühle Vorboten der Nacht, beugten die verdorrten Ähren der Felder. Der Wald lag dunkel und bedrohlich vor ihr. Nur die breite Schneise, die etwas Schreckliches durch ihn hindurch geschlagen hatte, zeugte von seiner Verwundbarkeit.

Wenn es hier Leben gab, so hatte es sich erschrocken in seine Schlupfwinkel verkrochen und würde sich nicht vor Ende der Gewitternacht zeigen.

Einzig ein paar dunkel schillernde Krähen, die das Gewitter liebten, jagten den Wolken kreischend hinterher und stießen zu Lili nieder, um sie neugierig zu umflattern und dann mit aufgeregtem Krächzen davonzufliegen, als wollten sie von ihrer Ankunft künden.

Während sie dem Pfad der Verwüstung folgte, wurde sie das Gefühl nicht los, beobachtet zu werden. Doch sie erlaubte sich nicht, sich umzudrehen, um ihren Verfolger nicht zu warnen. Als sie den Saum des Waldes erreichte, sah sie aus den Augenwinkeln, wie dicht neben ihr etwas durch das verdorbene

Korn schlich und gleich darauf ein Stück schwarz schimmerndes Fell in die Schatten der mächtigen Buchen sprang, elegant und lautlos. Für einen kurzen Augenblick schien es ihr, als hätte sie einer mächtigen Katze direkt in die Augen gesehen, doch schon im nächsten Moment war es vorbei.

Gefahr schien von dem Wesen nicht auszugehen. Eher fühlte sie sich sorgsam beäugt, als würde jemand still über sie wachen. Tapfer trat sie über die Schwelle der finsteren Burg aus mächtigen Stämmen.

Rechts und links von ihr erhob sich dichtes Dornengestrüpp. Wilde Brombeeren und stachelige Himbeerranken streckten ihr die langen dürren Finger von beiden Seiten der Schneise entgegen, bemüht, die hässliche Wunde zu schließen und die achtlos niedergemähten Brüder zu bedecken. Doch ihr Bemühen war hoffnungslos. Die Schneise der Verwüstung hatte den Wald entzweigerissen. Die weißen Blüten wilden Holunders glänzten in der dicht gewebten Finsternis. Schon legte die Nacht sich schwarz auf die Kronen der Bäume, sickerte durch die Wipfel und klebte wie Teer zwischen den Ästen.

Es duftete nach Moos und den ersten emporschießenden Pilzen. Lili hütete sich, den Pfad zu verlassen, an dem der Nachthimmel ihr stählern grau entgegenschimmerte. Zwischen den dahinrasenden Wolken flackerten die ersten Sterne auf wie scheue Irrlichter. Voller Unbehagen lief sie weiter und weiter.

Endlich kam der Mond heraufgewandert, groß und gelb, sodass sie glaubte ihn greifen zu können. Der Wald war ohne Augen und eine schwere, tiefe Stille kroch aus ihm hervor. Sie lastete auf ihm wie der Vorbote eines Unheils, vor dem es kein Entrinnen gab.

Sie kannte dieses Gefühl, das einem die Brust umschloss und den Atem raubte. Es war der Gestank der Angst! Ein beißender, stechender und klebriger Geruch, der einem in alle Poren drang. Lili hatte ihn schon einmal gerochen, damals, mit Smolly, kurz vor dem Eintritt in den verbotenen Bezirk. Doch diesmal war sie im Vorteil: Was man kennt, das schreckt einen weniger.

Sie straffte die Schultern und blickte zum Mond empor, über den die Wolken ihre Schatten warfen. Keine glich der anderen in Form oder Dichte. Lili begann sie zu studieren, ordnete sie in Gruppen, gab ihnen Namen. Ein Spiel, das sie oft als kleines Kind gespielt hatte, am Fenster stehend und auf die Heimkehr der Mutter wartend. Ein Spiel, das Sehnsucht linderte und Sorgen vertrieb, dem sie sich nun ganz und gar hingab, während Lider und Beine immer schwerer wurden und die nächtliche Kälte in ihren Knochen zu schmerzen begann.

Plötzlich ertönte der Ruf einer Eule. Es war ein sanftes, tiefes Gurren, das die Einsamkeit milderte. Sofort entriss Lili ihren Blick den Wolken, blieb stehen und sah sich sehnsüchtig um. Da sah sie das Tier. Es saß ganz in ihrer Nähe auf einem Ast. Vorsichtig trat Lili näher und sah zu der alten Käuzin empor.

Gott, du hast ja keine Ahnung, wie froh ich bin, dich zu sehen, sprach sie den Vogel in Gedanken an und hätte ihn am liebsten in den Arm genommen. Die alte Eule sah Lili aus großen Augen weise entgegen und beugte sich ein wenig zu ihr herunter. *Und wie ich das ahne, mein Kind, und wie ...,* gurrte sie. Und obwohl Lili die Stimme nur in ihrem Kopf hörte, kam sie ihr seltsam vertraut vor. Forschend sah sie noch einmal genauer hin, und in dem Moment als ihr Herz erkannte, wen sie vor sich hatte, plusterte sich das Tier auf und flog behäbig davon. *Folge mir, mein Schatz,* hörte sie die Stimme sanft in sich nachhallen, *ich zeige dir ein Plätzchen, wo du schlafen kannst.*

Bellinda! Lili folgte ihr schnell. Schon nach ein paar Metern verließ Bellinda den Pfad und flog ein kleines Stück ins Dickicht hinein. Dunkelheit umfing Lili, und sie konnte kaum mehr sehen, wohin sie trat. Doch die kurzen, hohen Rufe, die die Käuzin ausstieß, führten sie sicher ans Ziel.

Vor sich, nur ein paar Schritte entfernt, sah sie im Dickicht einen Felsen. Mutig ging sie darauf zu, und mit jedem Schritt mehr schälte sich aus den Schatten ein großer Findling heraus, dessen platte Stirn sich weit dem Weg zu schob, während sein moosbewachsener Buckel nach hinten ins Unterholz floh. *Nicht grad das perfekte Lager für die Nacht,* schickte sie ihre Gedanken zitternd zu Bellinda, die sie direkt darüber im Geäst entdeckte. *Das nicht, Kindchen, aber es wird genügen*, gurrte es leise. *Hab keine Angst. Ich werde über dich wachen.*

Als Lili erwachte, war der Mond verschwunden und an seiner Statt ging am Horizont zwischen schimmernden Nebelschwaden die Morgensonne auf. Es musste noch sehr früh sein. Der Tau lag auf den Blättern und glitzerte in unzähligen Spinnennetzen wie perlendes Kristall.

Lili sah an sich herunter und befühlte Kleidung und Haar. Beide waren klamm, und wie auf Kommando begann sie zu frieren. Blinzelnd sah sie der Sonne entgegen. Ganz am Ende der Schneise, dort, wo der ansteigende Pfad den Himmel berührte, schlich etwas aus den Schwaden des Dunstes heraus. Ein Mensch? Ein Tier? Verschlafen rieb Lili sich die Augen. Doch als sie abermals hinübersah, war die Erscheinung verschwunden.

Sie erinnerte sich kaum an die vergangene Nacht, wusste nur , dass sie gelaufen war, endlos gelaufen, bis ihre Füße schon fast taub waren, immer dem Mond entgegen und geradewegs in ihn hinein. Wie sie ihr Schlupfloch unter dem Dach des Findlings gefunden hatte, war ihr entfallen.

Behutsam stand sie auf und streckte sich. Ihre Knochen waren steif und wund. Mühsam machte sie sich auf den Weg, zurück zur Schneise, und schob sich im dichten Gestrüpp hastig noch ein paar Beeren in den Mund. Da war es auf einmal wieder da, das Gefühl, als hielte sich Etwas oder Jemand ganz in der Nähe auf. Mit pochendem Herzen lauschte sie, aber nichts als drückende Stille tropfte von den Ästen und mahnte sie zum Weitergehen. Nur raus hier, raus aus diesem lastenden Schweigen und der nassen Kälte, ins Licht, in den Tag! Sie musste Rosalie finden. Es stand immer schlechter um das Mädchen, auch das spürte Lili mit jeder Faser ihres Körpers.

Entschlossen trat sie aus dem Dickicht zurück auf den Pfad der Verwüstung und hetzte mit schnellem Schritt dem Ausgang des Waldes entgegen. Hatte sie erst mal den Hügelkamm erklommen, würde sie bestimmt den Fluss wieder sehen. Wasser! Nach der unheimlichen Finsternis des Waldes konnte sie sich keinen erfreulicheren Anblick vorstellen.

Gerade wollte sie ihren Schritt noch einmal beschleunigen, da zuckte sie heftig zurück und blieb so abrupt stehen, dass sie beinahe hingefallen wäre.

Vor ihr, am Ende des Waldes, direkt unter der aufgehenden Sonne, stand ein großer Wolf mit gefletschten Zähnen und starrte sie aus roten Augen an.

Sein graues Fell war struppig und verfilzt, sein Körper ausgezehrt. Doch seine Züge verrieten Zähigkeit und überbrachten eine unmissverständliche Botschaft: *Hier kommst du nicht vorbei. Niemals!* Was sie jedoch weit mehr erschauern ließ, das war sein Blick. Es war der Blick eines Menschen!

Da tauchte die Erinnerung wie ein erhobener Zeigefinger in ihr auf, Iloias Worte: »Alle Gedanken erscheinen in der Welt der Fantasie in Bildern. Sie nehmen Gestalt an. Gute wie böse ... sie haben große Macht.« Er hatte sie doch gewarnt. Sie sollte doch wachsam sein!

Und plötzlich wusste sie, wer vor ihr stand mit diesem hasserfüllten Blick: Rosalies Vater!

Die Nacht der Schlaflosen

Rosalies Vater schnellte hoch. Für einen Moment wusste Leon Lieblich nicht, wo er war, bis er die schäbigen, grün gemusterten Tapeten sah. Ein Überbleibsel der 70-er Jahre, als große Muster der Inbegriff des bürgerlichen Schicks gewesen waren. Heute spiegelten sie nichts anderes wider als wirtschaftliche Misere. Dem Eigentümer dieser am Rande der Stadt erbauten Hochhäuser fehlte einfach das Geld, die heruntergekommenen 2-Zimmer-Appartements zu modernisieren. Sie waren, um bei der Wahrheit zu bleiben, schlichtweg unvermietbar geworden.

Die einst mondäne Wohngegend war heute nichts weiter als ein Brennpunkt, den die Kommunalpolitiker mit aller Mühe vor den Augen der Wähler zu verheimlichen suchten.

Ein Großteil der achtstöckigen Häuser waren von der Stadt angemietet worden. Dort wohnten Asylanten, Obdachlose und Süchtige, die man von der Straße holen wollte. Die vom Nikotin vergilbte Gardine wehte klebrig im Zug der heißen Sommerluft, denn die ausklingende Augustnacht gab wenig Hoffnung auf Frische.

Leon Lieblich sah sich um. Bevor er Rosalie hier herholte, würde er das Drecksloch noch ausgiebig schrubben müssen. Schon bei dem Gedanken daran wurde ihm übel. Er schlug das verschwitze Laken zurück, ging zum Fenster und steckte sich eine Zigarette an. Nicht, dass es ihm um Rosalie gegangen wäre. Die würde ohnehin nichts mitkriegen. Und auch um sein eignes Wohlempfinden war er in dieser Hinsicht nicht besorgt. Lang würde er es ja nicht aushalten müssen: ein halbes Jahr, im schlimmsten Falle ein ganzes, ohne dass die Behörden ihm was konnten. Die waren ohnehin viel zu träge. Bis sich von denen einer aus seinem Sessel mühte, waren längst alle Spuren verflogen, die man vielleicht hätte nachweisen können. Vorausgesetzt, die Regierung stellte der Kripo das Geld für die notwendigen Apparaturen zur Verfügung, was sie nicht tun würde, da war er sich sicher. Die Methoden, mit denen man das Mittel hätte nachweisen können, waren teuer. Viel zu teuer, um sie dem braven Steuerzahler so kurz vor den Wahlen schmackhaft zu machen. *Nein*, dachte er, und ein schmieriges Grinsen zuckte in seinen Mundwinkeln. *Sie würden alles tun, um den Fall so schnell wie möglich in ihren Archiven verschwinden zu lassen. Das Mädchen wäre sowieso tot, wem sollte der teure Zirkus noch was nützen?*

Heftig stieß er den tief inhalierten Rauch aus. Dann endlich wäre er frei. Er würde seine Sachen packen, das Geld auf ein sicheres Konto transferieren und verschwinden. Raus aus diesem schäbigen Loch, raus aus diesem Land und raus aus seiner verdammten Vergangenheit. Das konnte allen nur recht sein und genau deswegen, da war er sich sicher, würden sie die Sache auch auf sich beruhen lassen. Sie alle, bis auf einen. *Eine*, um genau zu sein. Verächtlich schnippte er die Kippe aus dem Fenster. Und genau um diese *Eine* musste er sich kümmern.

Diese verdammte Novizin hatte er nicht eingeplant. Sie konnte seinen hart erarbeiteten Plan womöglich noch kippen, das spürte er, und sofort wurde er nervös. Eine dunkle Ahnung durchzuckte ihn, dass diese vermeintlich harmlose junge Frau etwas gegen ihn im Schilde führte. Das Gefühl war so stark, dass er es einen Moment lang sogar riechen konnte. Ja, das fiel ihm nicht zum ersten Mal auf: Gefühle hatten ihren eigenen Geruch. Ängstliche Menschen rochen anders als sorglose, selbstbewusste anders als schüchterne. Es war dieser Geruch, sein eigener Geruch, der ihn geweckt hatte.

Eilig steckte er sich eine neue Zigarette an, um sich zu beruhigen. Sein Geruch konnte ihn verraten. Deshalb musste er vorsichtig sein. Mehr noch, er musste vorbildlich sein, geradezu musterhaft, wenn die Delegation des Jugendamtes morgen um 15 Uhr bei ihm klingeln würde, um Rosalies zukünftiges Zuhause zu inspizieren. Er sah auf die Uhr. Morgen? Heute! Es war bereits 5 Uhr. Dass er heute den ganzen Tag schuften durfte, hatte er nur *ihr* zu verdanken, dieser Novizin, das war ihm klar. Sie hoffte wohl, ihn mit diesem Schachzug in Bedrängnis zu bringen. »Ha!« Er lachte hohl. Was sollte ihm dieser Besuch schon anhaben? Dieses einfältige Weib glaubte, ihm damit schaden zu können ... Er inhalierte tief und stieß dann genüsslich den Rauch aus ... Wie naiv! Was wusste die schon vom Leben hier draußen? Er würde seinen Arsch verwetten, dass ihr nicht einmal klar war, dass die Behörden ihre Überprüfungen ankündigten, so dämlich waren die. Viel zu dämlich für einen wie ihn, den das Leben mit allen Wassern gewaschen hatte.

Draußen begann es bereits zu dämmern. Er drückte die Kippe auf der Fensterbank aus und zog sich einen Stuhl heran. Leise pfeifend begann er die Gardinen abzuhängen. In zehn Stunden hätte er aus dieser Bruchbude eine saubere, bescheidene Bleibe gemacht. Und übermorgen? Übermorgen würden sie ihm das Sorgerecht und damit ein neues Leben zusprechen, diese Deppen!

★ ★ ★

Leon Lieblich war nicht der Einzige, der in dieser Nacht nicht schlief. Ein paar Kilometer entfernt, am anderen Ende der Stadt, wanderte die alte Elsbeth durch den dunklen Klostergarten. Die schlanken, großen Hände in den Taschen ihres Umhangs versteckt, schlenderte sie durch die Nacht und sog den Duft der Kräuter ein. Sie liebte diese nächtlichen, oft bis in den frühen Morgen dauernden Spaziergänge. Sie waren voller Ruhe und Frieden. Besonders in einer so klaren, lauen Augustnacht wie dieser, in der der Sommer alles festzuhalten schien, was ihm der nahende Herbst schon bald entwinden würde. Sie blieb einen Moment stehen, schloss die Augen und atmete tief ein. Die Luft war schwer von all dem Duft. Ein leiser Schauer der Lust durchfuhr sie, völlige Hingabe, Entspannung und – Verlockung. Dieser Duft musste es gewesen sein, der Eva im Paradies verführt hatte, die Frucht des verbotenen Baumes zu pflücken. In solchen Augenblicken konnte Elsbeth es ihr nicht verdenken. Ja, die Frau hatte sich der Vertreibung aus dem Paradies schuldig gemacht, wie es die Kirchenväter unbarmherzig nannten und dabei nicht vergaßen, sie, die Äbtissin, ihre volle Verachtung spüren zu lassen. Diese Dummköpfe wiegten sich in dem Irrglauben, sie hätten damit nichts zu tun. Keine Frau des 21. Jahrhunderts würde sich das noch einreden lassen. Alle Texte der Bibel waren von Männern verfasst und vertraten seit jeher die Auffassung, dass alles Elend dieser Welt der Erbsünde geschuldet wurde. Jahrtausende lang hatten sie den Frauen ein schlechtes Gewissen gemacht – die größte und wohl auch klügste Manipulation der Menschheitsgeschichte. So hatte man die Frauen in Schach halten können. Doch diese Zeiten neigten sich dem Ende zu, da war sie sicher ... Auch wenn sie sich hütete, diese Gesinnung laut auszusprechen. Selbst heute konnte einer Frau das zum Verhängnis werden!

Sie seufzte und ein Lächeln umspielte ihre Lippen. In flüchtigen, der Zeit und der Vernunft entrückten Augenblicken wie diesem, gestattete sie sich manchmal gewagte Gedanken. Ungeheuerliche Gedanken, wie sie der Bischof nennen würde. Wieder sog sie den Duft ein: Lavendel, Baldrian, Liebstöckel ... was für ein Genuss! Und wenn schon. Hatte Eva der Welt nicht eher einen Dienst erwiesen als Schuld auf sie geladen? Was wäre der Mensch ohne Sünde, ohne Schuld? Konnte man sich nicht auch in bester, allerbester Absicht schuldig machen? War es nicht eigentlich unumstößlich? Und überhaupt, was gäbe es für ihresgleichen denn zu tun, wenn jeder ohne Tadel wäre – und schließlich war sie es ja selbst nicht. Sie nicht und der Bischof schon gar nicht, dieser fette alte Glatzkopf, der dem Wein so gerne zusprach und den jungen Novizinnen so schamlos hinterherglotze.

Sie schüttelte den Kopf und lachte schallend. Über sich selbst erschreckt hielt sie inne und blickte sich um. *Elsbeth, Elsbeth,* dachte sie und musste noch immer verstohlen lächeln. *Reiß dich zusammen. Was, wenn eine deiner Schülerinnen dich so sieht?* Schließlich war sie Äbtissin und das nun schon seit fünfzehn Jahren.

Fünfzehn Jahre! Guter Gott, wo ist die Zeit geblieben? 65 Jahre alt war sie inzwischen. 65! Mehr als vierzig davon hatte sie in diesem Kloster verbracht. Wieder hielt sie inne, dachte einen Moment an die Zeit als Novizin zurück, schwelgte in altem Idealismus und alter Zerrissenheit. *Nein!* Sie war froh, dass diese Zeiten vorbei waren. Diese Zweifel, dieser innere Aufruhr, waren anstrengend genug gewesen.

Unter einer großen alten Weide, ganz in der Nähe der Mauern, hielt sie an und betrachtete das Zifferblatt der kleinen, schlichten Uhr an ihrem Handgelenk. 4 Uhr 30. Sie konnte es genau erkennen, obwohl der Mond nun von einer Wolke verhangen war. Das Licht musste aus einer anderen Quelle stammen, denn für den Sonnenaufgang war es entschieden zu früh. Prüfend hob sie den Blick zur Turmuhr und erschrak.

Aus der Wand des Isoliertraktes, der vor ihr lag, strahlte ihr ein hell erleuchtetes Fenster entgegen. Schnell überlegte sie: Zurzeit war nur ein einziges Zimmer in diesem Flügel belegt. *Rosalie! Ihr ist doch hoffentlich nichts zugestoßen?* Blitzschnell drehte Elsbeth sich um und hastete zurück, durch die Beete und um den Westturm herum bis zu der kleinen hölzernen Seitentür, die nie verschlossen war. Als sie die endlosen Stufen hinaufrannte, durchzuckte sie eine ungute Vorahnung. Ihr Frieden, ihre Ruhe, sollten noch einmal auf die Probe gestellt werden. Was konnte nur geschehen sein? Aufgewühlt hetzte sie den langen dunklen Gang entlang. Als sie Rosalies Zimmer erreichte, drückte sie kräftig die Klinke hinunter. Nichts! Wieso um Himmels willen war die Tür verschlossen? Hatte sie sich vertan? Hastig eilte sie eine Tür zurück, riss sie auf und stand in völliger Dunkelheit.

Sie machte auf dem Absatz kehrt und drückte noch einmal gegen die Tür von Rosalies Zimmer, rüttelte erneut an der Klinke. Verschlossen! Was ging hier vor? Hatte sie nicht eben Stimmen gehört? Die Erkenntnis, dass sich hier etwas Entscheidendes ihrer Aufmerksamkeit entzog, beunruhigte sie.

Abrupt wand sie sich ab und lief entschlossenen Schrittes in Richtung der Schlafgemächer. Sie musste Louisa wecken und befragen.

Noch während sie ging, wusste sie, dass sie die junge Novizin dort nicht finden würde. Anspannung überkam sie. Louisa! Ihre beste, ihre vielversprechendste Schülerin ... »Kind«, murmelte sie still vor sich hin. »Du wirst doch in deinem Kummer nichts Dummes tun?«

Zutiefst beunruhigt hastete sie zurück in den Isolierflügel. »Louisa!«, rief sie und schlug mit den Handflächen gegen die Tür. »Louisa! Mach sofort die Tür auf.« Als nichts geschah, rief sie sich innerlich zur Räson. *Nicht schreien, Elsbeth,* mahnte sie sich, als sie merkte, dass ihre Stimme Gefahr lief, sich zu überschlagen. *Hör sofort auf, gegen die Tür zu trommeln. Du wirst noch das ganze Haus aufwecken.*

Entschlossen zog sie ihre Hände zurück und begann leise, aber eindringlich durch das Holz an ihren Nachwuchs zu appellieren, denn Louisa war ihre ganze Hoffnung.

Ihr größter Wunsch war es, ihr Amt einmal an dieses kluge und gläubige Mädchen zu übergeben. Schon bei ihrem ersten Gespräch hatte sie gespürt, dass Louisas Schicksal mit ihr und der Zukunft dieses Ordens eng verknüpft war. Diese junge Frau liebte die Welt und hatte dennoch einen unerschütterlichen Glauben. Trotzdem oder gerade deswegen quälte sie sich mit Selbstzweifeln und hinterfragte alles und jeden. Ihr Glaube war tief, doch sie war zu intelligent, um nicht auch verstehen zu wollen. Auch wenn sie Dinge für sich selbst ablehnte, pflegte sie anderen gegenüber Toleranz und Aufgeschlossenheit. Schließlich kam alles von Gott. Was er erschaffen hatte, musste einen Sinn haben, auch wenn er sich ihr noch nicht erschloss. Ja, sie war sehr tolerant … zu tolerant!

Die Äbtissin seufzte. Sie kannte diese Kämpfe nur zu gut. Doch man musste seine Grenzen kennen. Akzeptieren, dass Dinge geschahen, ohne dass wir ihren Sinn verstehen.

Das war es, was Louisa noch nicht wusste, noch nicht wissen konnte. Dazu war sie schlicht weg zu jung.

Unerwartete Hilfe

Mit schreckgeweiteten Augen starrte Louisa auf die Tür, die unter dem Klopfen der Äbtissin erbebte.

Man hatte sie entdeckt! Was nun? Mit eiserner Willenskraft versuchte sie sich zu beruhigen. *Ich habe mich auf diese Sache eingelassen und ich werde daran festhalten. Im Notfall werde ich die Konsequenzen tragen*, bekräftigte sie ihre Entscheidung vor sich selbst.

Es war die Nacht der Ahnungen! Vielleicht hing das an der unerträglichen Hitze, die den Geist empfänglich machte. Sie war sich sicher, dass sie das Richtige tat, so sicher wie noch nie in ihrem Leben, auch wenn sie nicht im Geringsten wusste, was sie hier eigentlich tat, und obwohl die Menschen, mit denen sie sich hier verschworen hatte, eigentlich Fremde waren.

Doch nun stand ihre Äbtissin vor der Tür, die sie verehrte und respektierte. Sie würde sie da nicht stehen lassen können. Aber konnte sie Elsbeth hereinbitten? Selbst wenn die Mutter Oberin sie verstehen würde, könnte sie nicht dulden, was hier vor sich ging, das war Louisa klar.

Voller Wehmut sah sie sich um. Keiner der anderen schien wahrzunehmen, was gerade geschehen war. Der Junge war völlig auf seinen Computer fixiert. Eine der älteren Frauen, die kleinere von beiden, saß am Bett dieses ungewöhnlichen Mädchens, dessen Wesen ihr so fremd war, dessen Kräfte sie nicht begreifen konnte und das in diesem Moment genauso bewusstlos da lag wie Rosalie selbst.

Dann dieser Mann, der völlig in sich versunken vor dem Fenster hin und her schritt. Ruhelos, aufs Äußerste konzentriert und entrückt, wohin nur? Sie alle schienen ihr im Moment hoffnungslos ausgeliefert, schutzlos.

»Sie haben die Verantwortung übernommen«, flüsterte jemand in ihrem Rücken, leise, aber eindringlich. Es war Dr. Jaworski. Ihre Augen waren fest auf Louisa gerichtet und schienen sie geradewegs zu durchbohren. »Wenn Sie jetzt das Falsche tun, werden Sie zwei Leben gefährden, statt eines zu retten. Darüber sind Sie sich doch im Klaren?«

Nein, dachte Louisa und merkte, dass sie tatsächlich erst in diesem Moment, das ganze Ausmaß dessen, woraus sie sich eingelassen hatte, begriff. *Um Gottes willen!*, erschrak sie. *Ein Akt völliger Eigenmächtigkeit, womöglich des Hochmuts.* Einen Augenblick fürchtete sie, dass die Sache ihr entgleiten könnte, doch dann erinnerte sie sich an ihr Erlebnis in der Kirche, an diesen wundervollen Vogel, und ihre Sicherheit kehrte zurück.

»Selbstverständlich«, antwortete sie bestimmt.

»Was wollen Sie also tun?«, hakte Leonore unerbittlich nach. »Wenn Sie nicht bald handeln, wird die halbe Stadt vor dieser Tür stehen.«

»Schon gut, ich weiß«, sagte Louisa. »Sie brauchen mich nicht so anzufahren. Ich werde mich der Verantwortung nicht entziehen.«

Sie zwang sich, der Frau in die Augen zu sehen, die sie so forschend fixierte.

»Ich werde hinausgehen und mit ihr sprechen.«

Leonore hob fragend die Brauen und Louisa wusste, was sie fragen wollte. »Wenn nötig, werde ich sie festhalten. Bringen Sie die Sache zu Ende. Zu einem guten Ende. Gott mit Ihnen!« flüsterte sie, dann wandte sie sich um und drehte den Schlüssel im Schloss.

Als sie die Tür ruckartig und für Elsbeth völlig unvorbereitet einen Spalt weit öffnete, hindurchschlüpfte und sie daraufhin von innen sofort wieder verriegelt wurde, hatte sie nur noch einen Gedanken: *Gott mit mir!* Sie wusste, sie würde Elsbeth womöglich irgendwo einsperren müssen.

Doch das war nicht nötig! Überhaupt lief alles ganz anders, als Louisa es in den ersten Minuten des Schreckens erwartet hatte. Die Äbtissin stand ihr auf dem dämmrigen Korridor gegenüber und sagte kein einziges Wort.

Elsbeth war sehr groß. Größer als Louisa selbst, die trotz ihrer eins siebzig zu der Äbtissin aufsehen musste – was sie in diesem Augenblick mit besonderem Unbehagen tat. Sobald der Blick ihrer Mentorin sie getroffen hatte, waren die Rollen verteilt gewesen. Es lag nicht an der imposanten Gestalt, die ihr gegenüber stand, sondern an ihrer energischen Persönlichkeit.

In Elsbeths Blick lag Erkennen, Wissen und eine unendliche Traurigkeit, fast Enttäuschung, während Louisa zwischen Unsicherheit, Scham und Trotz hin und her schwankte. Dieser eine Blick hatte genügt, um beide Frauen erkennen zu lassen, dass sie zum ersten Mal völlig verschiedene Positionen vertraten und dass sie diese, egal was geschehen würde, mit der gleichen ihnen eigenen Entschlossenheit verteidigen würden. Doch während die junge Novizin sofort versuchte, sich für den bevorstehenden Kampf zu wappnen, trug die Weisheit des Alters den ersten Sieg davon.

Ohne ein Wort wand sich die Mutter Oberin um und schritt in Richtung ihres Büros davon. Sie wusste, dass sie die Jüngere damit zwang, ihr zu folgen.

Als die schwere, mit Schnitzereien verzierte Eichentür ins Schloss gefallen war, ging Elsbeth zu einem kleinen Tisch, auf dem ein Wasserkocher stand, und begann, Tee aufzubrühen. In aller Ruhe, ohne sich auch nur einmal umzudrehen und vor allem ohne auch nur ein einziges Wort zu sprechen, schüttete sie die duftenden Krümel in das Stahlsieb, hängte es in eine schlanke Porzellankanne und goss heißes Wasser darüber. Mit endloser Geduld richtete sie ein kleines Tablett mit Zucker, Milch und Zitrone, öffnete einen Schrank, holte ein paar Kekse heraus und stellte sie dazu.

Sie will mich weichkochen, dachte Louisa, *mir ein schlechtes Gewissen machen. Wenn man erst Schuldgefühle hat, ist es ein Leichtes, umgestimmt zu werden.* Doch genau das durfte nicht passieren. Ganz davon abgesehen, dass sie sich hundeelend fühlte und sich am liebsten weit weg gewünscht hätte, wollte sie das auf keinen Fall zulassen: Gewissensbisse!

Nur einige Treppenabsätze entfernt waren Menschen darauf angewiesen, dass sie das Richtige tat, durchhielt. Denn das musste sie jetzt, wenn sie Rosalie retten wollte – und Lili ebenfalls. Es gab kein Zurück, egal, ob sie auf Verständnis traf oder nicht. Egal, welche Konsequenzen sie würde tragen müssen. Ihre Aufgabe war jetzt einzig und allein durchzuhalten, bis die beiden Mädchen erwachten.

In diesem Moment drehte sich Elsbeth um und schritt, das Tablett in der Hand, auf eine Sitzecke vor dem bleigefassten Fenster zu, in dem mit farbigem Glas das Wappen des Ordens eingefasst war: ein roter Schild mit einer weißen Taube, die einen Zweig im Schnabel hielt.

Während Elsbeth mit ihrer seltsamen Gelassenheit das Tablett abstellte und die Tassen richtete, glitt ihr Blick eine Sekunde in den Garten hinaus. Wie fern war jetzt der betörende Duft der Nacht. So unendlich fern wie das Paradies.

Die Äbtissin setzte sich und winkte Louisa, das Gleiche zu tun. Sie wusste, was die junge Novizin dachte. Sie hatte sie aus den Augenwinkeln heraus beobachtet und schmerzenden Herzens sich selbst erkannt. Doch sie wusste auch, was die junge Frau nicht erkannte, nämlich, dass ihre vermeintliche Ruhe aufgesetzt und ihre Gelassenheit gänzlich gespielt war. Hätte sie auch nur ein Wort gesagt, ihre Stimme hätte sie verraten. Deshalb schwieg sie, in der Erkenntnis ihrer Überlegenheit und in der Vermutung, dass das, was in Rosalies Zimmer gerade geschah, sowieso nicht mehr aufzuhalten war. Auch das hatte sie in den Augen ihrer Schülerin gelesen. Sie hatten also Zeit. Schweren Herzens suchten ihre klugen Augen nun endlich die ihrer Schülerin. Wieder genügte dieser eine Blick zwischen den Frauen, und die Jüngere begann zu erzählen ...

»Du bist also überzeugt, dass es das Richtige war, was du getan hast?«, fragte Elsbeth nach einer endlosen Weile.

»Ja«, kam es ruhig zurück.

»Du wirst es zu Ende bringen?«

»Natürlich.«

»Du weißt, dass ich es dem Bischof melden muss. Es wird ein Verfahren geben. Stehst du das durch?«

»Ja.«

»Was erwartest du von mir?«

»Ich weiß es nicht. Vielleicht, dass Sie es ganz einfach nicht verhindern werden. Ich werde selbstverständlich alle Konsequenzen tragen.«

»Das wirst du müssen«, sagte Elsbeth streng. »So oder so!«

Es fiel ihr schwer, sitzen zu bleiben. Alles, was sie in den letzten eineinhalb Stunden erfahren hatte, beunruhigte sie zutiefst. So stand sie auf und ging ein paar Schritte im Zimmer auf und ab. *Das junge Ding hat keine Ahnung, was da auf sie zurollt,* dachte sie. *Auf uns alle.* Es drehte ihr fast den Magen um, wenn sie sich vorstellte, dem Bischof Bericht zu erstatten … Als sie an ihrem Schreibtisch vorbeikam, sah sie auf einem kleinen Silbertablett ein paar Briefe liegen. Obenauf lag ein Einschreiben. Ihre Sekretärin musste es gestern noch spät hinein gelegt haben, sonst wäre es ihr sicher aufgefallen, bevor sie in den Garten gegangen war. Ohne auf ihre Schülerin zu achten, griff sie danach und riss das Schreiben kurzerhand auf. Das Geräusch zerschnitt die belastende Stille in tausend Stücke.

Louisa hätte gern den Raum verlassen, doch sie wagte Elsbeth nicht zu stören. Der Inhalt musste wichtig, ja entscheidend sein, das konnte Louisa an der Art erkennen, wie Elsbeths Körper sich beim Lesen spannte, wie die Sehne eines Bogens. Unwillkürlich erhob sie sich und sah erwartungsvoll zu ihr hinüber.

Endlich lies Elsbeth das Schreiben sinken. Schweigend sah sie zu Louisa und zögerte einen Moment, als wolle sie noch etwas sagen, dann zog sie mehrmals kräftig den Klingelzug.

Kurz darauf hörte man schnelle Schritte auf den Steinstufen der Treppe klappern und Schwester Agnes kam hereingestürzt. Sie war klein und mager, fast verhärmt. Ihr ausgezehrtes, kantiges Gesicht wurde von einer viel zu mächtigen und spitzen Nase beherrscht und aus ihren runden kleinen Vogelaugen funkelte ein Gemisch von fanatischer Verehrung und Unterwerfung.

Mit ihr strömte der Duft frisch gebackenen Brotes in den Raum. Es war inzwischen 6 Uhr 45 und Louisa bemerkte, dass ihr Magen sich vor Hunger zusammenzog. Oder spürte sie nur den Unmut und die Abscheu, die beim Zusammentreffen mit Schwestern dieser Art sogleich in ihr aufkeimten?

»Mutter Oberin, Ihr habt gerufen?«

Louisa wurde geradezu übel. Was hatte die Äbtissin vor?

»Louisa hat mir soeben mitgeteilt, dass im Krankenflügel wahrscheinlich ein schwerer Magen-Darm-Virus aufgetreten ist.

Natürlich stellen wir den gesamten Gebäudetrakt sofort unter Quarantäne. Keine der Schwestern, geschweige denn eine außenstehende Person, darf in den nächsten drei Tagen hinein, bis wir wissen, ob sich der Verdacht bestätigt. Louisa wird selbstverständlich dort bleiben und sich um den Patienten kümmern. Außerdem ...«

»Ja aber«, unterbrach sie Agnes entsetzt, »außer der kleinen Rosalie ist doch nie...«

Elsbeth brachte sie mit einer Handbewegung zum Schweigen. »Ich bin noch nicht fertig«, sagte sie bestimmt, woraufhin Agnes augenblicklich den Mund zuklappte. »Ich möchte, dass du die anderen Schwestern davon unterrichtest. Ich selbst werde hinter Louisa die Tür verschließen und dafür sorgen, dass sie ausreichend Nahrung erhält.«

Agnes' Augen wurden groß: »Sie selbst? Ja, aber ...«

Wieder wurde sie mit einer ungeduldigen Geste zum Schweigen verdonnert.

Gehorsam fügte Agnes sich, aber man konnte ihr deutlich ansehen, dass sie sich fragte, was um Himmels willen hier wohl vorging.

»Zuletzt rufst du bitte im Gericht an. Richter Theobald Täschner. Sag ihm, dass es uns leidtut, wir seiner Bitte auf Besuch des Mädchens aber frühestens in drei bis vier Tagen stattgeben können, wenn es dem Kind wieder besser geht und keine Ansteckungsgefahr mehr besteht. Dann werden wir ihn und den Staatsanwalt gerne empfangen.«

»Richter, Staatsanwalt? Ja, was ist denn nur ...? Oh Gott!«

»Nun tu schon endlich, was ich dir sage, und steh nicht so nutzlos herum!«, herrschte Elsbeth die völlig verwirrte Schwester an, die daraufhin mit einem Anflug von Panik davonjagte.

Louisa hielt den Atem an.

»Staatsanwalt Doldinger hat das Wiederaufnahmeverfahren gegen Rosalies Vater durchgesetzt«, unterrichtete Elsbeth sie kurz, nachdem sie ihre Fassung zurückerlangt hatte. »Der Richter möchte Rosalie besuchen und sich ein Bild über ihren Zustand verschaffen. Der Prozess um das Sorgerecht wird ausgesetzt, bis die Ermittlungen abgeschlossen sind.«

Louisa konnte ihr Glück gar nicht fassen und hielt sich die Faust vor den Mund.

»Lauf«, sagte Elsbeth streng, »und sieh zu, dass das Mädchen erwacht. Du hast drei Tage Zeit.«

Freunde und Feinde

So sehr sie eben noch gefroren hatte, so schnell trat Lili nun der Schweiß aus allen Poren und drohte, sie davonzuspülen. Sie konnte den Blick nicht von den glühenden Augen lassen, den triefenden Lefzen und den spitzen Zähnen. Alle Muskeln aufs Äußerste gespannt, stand der Wolf auf dem Gipfel der Anhöhe, mit aufgestellten Nackenhaaren, bereit zum Sprung, sollte sie auch nur einen Schritt näher kommen. Seine verwahrloste Gestalt konnte keine Sekunde über seine Willensstärke hinwegtäuschen, die ihr aus seinen zu Schlitzen verengten Augen entgegenschrie. Aus den Augen von Rosalies Vater!

Hier stand nicht nur ein Gegner, hier stand ein echter Feind, der ihr an Entschlossenheit in nichts nachstand, aber einen entscheidenden Vorteil hatte: Er hatte nichts mehr zu verlieren. Das verlieh ihm eine unerschöpfliche, wilde Stärke.

Lili hingegen hatte viel zu verlieren, und sie riskierte all das für einen anderen. *Oh Gott!*, schoss es ihr durch den Kopf. *Will ich das wirklich?* Da geschah es! Nur diese winzige Sekunde des Zweifels, dieser eine Moment der Schwäche ließ sie einen entscheidenden Fehler machen: Sie warf einen Blick zurück.

Kaum war der Kontakt zwischen ihr und der Bestie unterbrochen, erkannte sie auch schon ihre Dummheit, doch es war zu spät. Der Wolf hatte seine Chance erkannt und stürzte sich auf sie. Pure Panik bemächtigte sich ihrer, als er sie mit einem einzigen Sprung zu Boden warf und seine spitzen Zähne sich in ihre blanke Kehle schlagen wollten. Die Zeit schien stillzustehen, wie eingefroren.

Da erklang ein scharfes Fauchen neben ihr und ein riesiges schwarzes Tier sprang den Wolf aus dem Dickicht des Waldes heraus an, stieß ihn von Lili herunter und verwickelte ihn in einen Kampf auf Leben und Tod. Entsetzt fand Lili endlich die Kraft, sich aufzusetzen, und da sah sie den Wolf nicht weit entfernt mit einem schwarzen Panther kämpfen. Das herrliche Tier war groß, hatte seidiges Fell und geschmeidige Bewegungen. Es war ohne Frage ein edles Tier und es rang nun an ihrer Stelle um sein Leben. Tiefe Scham stieg in ihr empor, wie Lili sie noch nie zuvor empfunden hatte. Doch ihre Sorgen waren überflüssig, denn der schwarze Panther kämpfte konzentriert und überlegen.

Beide Tiere hatten bereits schwere Wunden davongetragen, als er seine gewaltige Pranke dem Wolf noch einmal mit voller Wucht zwischen die Augen schlug. Die Bestie heulte auf und flüchtete mit einem riesigen Satz ins nahe Buschwerk. Der Panther sah ihm nach, dann setzte er sich nieder und leckte seine

Wunden. Lili saß wie gelähmt und konnte sich nicht rühren. Auch sie hatte einige Blessuren davon getragen. Doch das waren nur Peanuts im Vergleich gegen die ihres Retters.

Der Kampf hatte ihn ordentlich gebeutelt, doch das tat seiner Erscheinung keinen Abbruch. Erhaben stand er auf und schlenderte stolz davon. Bevor er im Wald verschwand, sah er sich noch einmal um und nickte Lili aus seinen bernsteinfarbenen Augen aufmunternd zu. Da erkannte sie ihren Freund und Retter. Es war kein anderer als Professor Leuchtegrund!

★ ★ ★

Trotz des Schlafmangels saß Ariane hellwach neben Cornelius, der kaum noch die Augen offen halten konnte. In dem dämmrigen Raum ging etwas Seltsames vor sich. Die Erwachsenen benahmen sich anders als sonst, besonders Professor Leuchtegrund, der seit Stunden wie ein Irrer völlig versunken vor den Fenstern hin und her tigerte. *Nein,* korrigierte sie sich in Gedanken. *Nicht versunken, hochkonzentriert!*

Er hatte in den letzten drei Stunden kaum etwas getrunken, geschweige denn Nahrung zu sich genommen. Und Esther, die sich sonst während ihrer gemeinsamen Abenteuer um die Bedürfnisse aller Anwesenden kümmerte, sie mit frischem Tee und Leckereien versorgte, schenkte heute ihre Aufmerksamkeit ausschließlich Lili und Rosalie. Sie streichelte die Hände der Mädchen, wischte ihnen abwechselnd mit einem feuchten Tuch über die Stirn und schaute danach, dass sie genug Flüssigkeit erhielten. Doch anders als sonst lag nicht das liebevoll verschmitzte Katzenlächeln auf ihren Zügen, sondern angespannte Sorge.

Ariane rutschte alarmiert auf ihrem Stuhl herum und sah hinter sich zu Bellinda, die ruhig und friedlich in Trance vor ihrer Kugel saß. Dass sie sich vor einer halben Stunde völlig verrückt aufgeführt hatte, war ihr nicht mehr anzusehen. Neben ihrem Sessel saß Leonore Jaworski aufrecht wie ein General auf ihrem Stuhl und fixierte Ariane genau. Die sah ebenso kritisch zurück. Zwischen den beiden erfolgte ein stummes Kräftemessen, das die Luft vor Spannung vibrieren ließ.

Du brauchst mich gar nicht so streng zu sezieren, dachte Ariane und hielt dem Blick Leonores stand. *Mich kannst du nicht hinters Licht führen. Ich weiß, was ich gesehen habe.*

Noch einmal sah sie in ihrer Erinnerung Bellinda vor sich, die sich aus heiterem Himmel aus ihrem Sessel erhoben und mit den Armen gepumpt hatte, als plusterte sie sich Luft unter ein imaginäres Gefieder. Dann hatte sie tatsächlich für einen Moment die Arme zum Gleitflug ausgebreitet bis sie kurz darauf ebenso plötzlich wieder reglos in die Polster geplumpst war. – Und das genau zu der Zeit, als auf dem Bildschirm vor ihnen der

Waldkauz aufgetaucht war und Lili zu ihrem Lager geführt hatte.

Als sie Leonore darauf ansprach, hatte diese sie mit einer äußerst fadenscheinigen Ausrede abgewimmelt. Bellinda hätte einen kurzen Anfall, was in einer Trance durchaus passieren könne, besonders bei der Belastung, der sie in letzter Zeit ausgesetzt war.

Im Leben nicht! Wieder ließ Ariane Dr. Jaworski in Gedanken eine Botschaft zukommen, die sich deutlich in ihren Augen spiegelte. *Mir machst du nichts vor. Hier läuft was, und ich werd herausfinden, was, auch wenn du dich noch so bedeckt hältst.*

Leonore erkannte die Kampfansage in Arianes Blick. *Das Mädchen ist einfach zu gerissen,* dachte sie. *Vielleicht ist es besser, sie einzuweihen.* Doch bevor sie ihre Gedanken zu Ende gedacht hatte wurde ihrer beider Aufmerksamkeit zum Fenster gerissen.

Dort hatte sich Eugen Leuchtegrund soeben mit einem Aufschrei auf den Boden geschmissen und wälzte sich jetzt wild hin und her, als kämpfe er mit jemandem um sein Leben.

Ariane war erschrocken aufgesprungen, wurde jedoch von Leonore zurückgehalten, die ihr die offene Hand warnend entgegenstreckte.

»Nicht!«, rief sie warnend. »Niemand darf ihn jetzt berühren.«

Ariane sah zuerst zu ihr und dann zu Esther, die sich ebenfalls alarmiert erhoben hatte. Der Ausdruck in ihrem Gesicht verriet, dass sie genau wusste, was hier vor sich ging und nur aufgestanden war, um Ariane im Notfall von Leuchtegrund fernzuhalten. Alles geschah nun gleichzeitig. Cornelius schrie laut auf und rieb sich die Augen. Er konnte nicht glauben, was er gerade auf dem Bildschirm sah. Ariane warf den Kopf herum. Ihr Freund saß wie gebannt vor der Mattscheibe, auf der ein schwarzer Panther mit einem riesigen Wolf kämpfte, während Lili sich nur einen Meter von dem Kampf entfernt zerkratzt und blutend aus dem Schmutz erhob.

»Verfluchte Scheiße!«, entfuhr es ihr geschockt, doch ihr scharfer Verstand kombinierte in Sekundenschnelle. Wieder flog ihr Kopf zurück zu der Szene am Fenster, wo Eugen Leuchtegrund soeben in sich zusammensackte und dann erschöpft auf den Dielen liegen blieb. Die Frauen waren sofort bei ihm und halfen ihm sich aufzusetzen. Arianes Augen flogen zum Bildschirm zurück. Auch hier hatte der schwarze Panther den Wolf soeben in die Flucht geschlagen und leckte sich erschöpft seine Wunden.

So ist das also, dachte Ariane und Wut brandete in ihr hoch. Ihre messerscharfe Stimme durchschnitt genau in dem Moment die Stille, als Leuchtegrund die Augen öffnete.

»Wieso habt ihr uns davon nichts gesagt?«

Sie war stinksauer.

Als der Direktor wieder ganz bei sich war und die Gemüter sich ein wenig abgekühlt hatten, nahm Leonore Jaworski ihren Stuhl und setzte sich zu Ariane und Cornelius. Sie konnten nicht riskieren, Lili aus den Augen zu verlieren.

»Also schön«, sagte Leonore und ihre Stimme klang unverhohlen müde. Ariane war es egal. Sie fühlte sich hintergangen und starrte der Lehrerin mit verschränkten Armen trotzig entgegen. Cornelius, den die Spannung im Raum sichtlich mitnahm, spielte nervös mit dem Gestell seiner Brille. Er hasste es, wenn er nicht wusste, was vor sich ging. Zwar hatte er so eine dumpfe Ahnung ... aber die kam ihm so absurd vor, dass er sie nicht weiter verfolgt hatte. Außerdem war er viel zu sehr mit Lilis Kampf beschäftigt gewesen, als dass er auch noch darauf hätte achten können, was hinter ihm im Krankenzimmer vor sich ging. Eins war jedenfalls offensichtlich: Ariane war mal wieder auf Konfrontationskurs. Aber die Erwachsenen schauten irgendwie schuldbewusst aus der Wäsche, statt sie zurechtzuweisen. Das war ungewöhnlich. Also beschloss er, erst einmal still abzuwarten, was geschehen würde.

»Wir sind euch eine Erklärung schuldig.«

Ariane hatte nicht vor, es Dr. Jaworski leicht zu machen, und so starrte sie nur stur vor sich hin und sagte kein Wort.

Leonore begriff, nahm ihre Brille ab und sah Ariane mit ihren grauen Augen versöhnlich an.

»Ich kann verstehen, dass du wütend bist«, sagte sie ruhig. »Auch wenn es dafür keinen Grund gibt.«

»Keinen Grund?«, giftete Ariane jetzt endlich. »Das ist doch nicht dein Ernst. Ich dachte, wir ziehen hier alle an einem Strang und stattdessen hintergeht ihr uns.« Jetzt traf ihr brodelnder Blick auch Esther und Professor Leuchtegrund.

»So ist es nicht, Ariane, und ich glaube, das weißt du auch, also beruhige dich bitte. Es ist jetzt nicht die Zeit für Auseinandersetzungen. Du weißt, dass wir euch nicht alles sagen können, was wir wissen. Es gibt Regeln, an die auch wir uns halten müssen.«

Ariane wollte sie unterbrechen, doch Leonores Blick ließ sie innehalten.

»Wir wollten euch nicht einweihen, solange wir nicht wussten, ob es nötig ist. Im Übrigen gibt es gar nicht viel zu erzählen. Ihr wisst im Grunde schon alles und zwar durch die Erklärungen Iloias, die er Lili gegeben hat.«

Nun endlich mischte sich Cornelius ein. Hellhörig geworden setzte er seine Brille auf und fragte vorsichtig: »Dann ist es also so, dass diese guten und bösen Gedanken nicht nur in der Fantasie Gestalt annehmen, sondern der, der sie denkt, kann sozusagen selbst diese Gestalt steuern?« Auf einmal schienen ihm die Gedanken, die ihm durch den Kopf gejagt waren, als der Wolf Lili angegriffen hatte, nicht mehr ganz unvorstellbar.

»Richtig, Nele«, bestätigte Leonore seine Theorie. »Genau so ist es. Allerdings kann das nicht jeder.«

»Ach, kommt schon. Wen wollt ihr hier für dumm verkaufen?«, fuhr Ariane Leonore Jaworksi an.

Cornelius schluckte. Er versuchte gar nicht erst, Ariane zurückzuhalten. Es würde sowieso nichts nützen. Sie war offensichtlich auf Stunk aus.

»Kommt mir jetzt bloß nicht mit der Ausrede, dass das nur Menschen mit *besonderen Fähigkeiten* können, das ist doch Bullshit.«

»Ariane«, ermahnte Esther sie streng und trat nun ebenfalls zu der Gruppe. »Das geht jetzt aber entschieden zu weit.«

»Ach ja?«, protestierte das Mädchen aufgebracht. »Und wieso kann *er* es dann?«, parierte sie giftig und zeigte unverhohlen mit dem Finger auf den Professor. Alle erstarrten. »Und Rosalies Vater?«, setzte Ariane aufgebracht nach. »Hat der vielleicht auch besondere Kräfte oder was?«

Bevor Esther antworten konnte, mischte sich Cornelius wieder ein. Die letzte Bemerkung hatte seine Neugier entfacht.

»Rosalies Vater?«, murmelte er vor sich hin, ohne Lili auf dem Bildschirm aus den Augen zu lassen. »Wie kommst du denn jetzt auf den?«

»Der Wolf!«, spielte Ariane lässig und voller Genugtuung ihren Trumpf aus und sah zufrieden, dass alle sie unterschätzt hatten. Nicht einmal Cornelius hatte es gecheckt. Er saß mit offenem Mund da, völlig perplex, und sah fragend zu Esther hoch, die ein wenig ertappt wirkte und schnell zu Leonore sah, um herauszufinden, wie sie darauf reagieren sollte.

Doch noch bevor die beiden Frauen sich stumm verständigen konnten, ertönte Leuchtegrunds bestimmte Stimme aus dem Hintergrund: »Sagt es ihnen!«

Stille.

»Bist du sicher, Eugen?« fragte Leonore nach. Doch der Direktor hatte sich bereits wieder seinem Tee gewidmet.

»Nun gut«, gab Dr. Jaworski endlich nach, und Ariane entspannte sich. »Normalerweise manifestieren sich die guten und bösen Gedanken von allein im Niemandsland des Bewusstseins. Meistens bekommen es die Personen, die sie denken, gar nicht mit und auch der, dem diese Gedanken nutzen oder schaden, erfährt nur ihre Auswirkungen und weiß nicht, wieso ihm dies oder jenes plötzlich widerfährt. Dann gibt es Menschen, die aufgrund ihrer medialen Veranlagung lernen können, ihre Gedanken bewusst zu steuern und … je nach Stärke ihrer Begabung sogar direkt in die von ihren Gedanken projizierten Gestalten hineinschlüpfen und durch sie wirken können … so wie Eugen zum Beispiel.«

»Aber wieso? Er ist doch vom naturwissenschaftlichen Flügel der Schule«, warf Ariane ein.

»Ja, das stimmt«, gab Leonore zu. »Aber ursprünglich gehörte er dem Bereich *Besondere Fähigkeiten* an. Seine mentalen Kräfte sind sehr stark. Allerdings nicht so stark wie seine naturwissenschaftlichen. Daher hat er vor vielen Jahren für sich die Entscheidung getroffen, den Bereich zu wechseln und seine besonderen Fähigkeiten nicht weiterzuentwickeln.«

Jetzt war es an Ariane, verblüfft zu sein. Das hatte sie nicht erwartet. *Deshalb hat man bei dem Alten immer das Gefühl, als ob er einem bis auf den Grund der Seele schaut,* dachte sie und wurde sogleich ein wenig handzahmer. Als sie weitersprach, hatte ihre Stimme eine weitaus angenehmere Tonlage wie zuvor. »Und Leon Lieblich?«

»Richtig ...«, nahm nun Esther den Faden auf. »Manchmal, wenn ein Mensch besonders starke Empfindungen und Gedanken hat, so wie abgrundtiefer Hass, dann rutscht er ebenfalls in die Bilder seiner Gedanken. Allerdings tut er das nicht bewusst und kann sie daher auch nicht steuern. Meistens passiert das in Form von Albträumen, aus denen die Personen dann schlagartig erwachen. Doch man darf die ungeheure Kraft, die ihre Gedanken freisetzten nicht unterschätzen. Es ist eine Art der Suggestion. Starke Gefühle und Gedanken sind enorme Transporter. Sie setzen ungeheure Energie frei.«

Einen kurzen Augenblick war es absolut still im Krankenzimmer. Nur Bellindas lautes Schnaufen hallte durch den Äther. Jeder ließ nachklingen, was er soeben gehört hatte, doch wie immer währte dieser Zustand nicht lang.

»Dann könnte ich es also auch lernen?«, fragte Ariane, und Cornelius bewunderte ihre Kühnheit. Er hatte sich soeben genau das Gleiche gefragt, hätte aber niemals gewagt, es auszusprechen. Und eigentlich wollte er es auch gar nicht wissen. Sein Terrain war die Elektronik. Hier war er zu Hause und kannte sich aus. Diese nervenaufreibende Ungewissheit und das unberechenbare Kräftemessen, dem sich Lili aussetzte und das nun auch Ariane erwog, war nichts für ihn. Nein. *Never ever*, dachte er, verschloss die Ohren und richtete seine Aufmerksamkeit zurück auf den Bildschirm, wo Lili gerade in einen Einbaum stieg.

»Nun ja …«, antwortete Leonore zähneknirschend. »Möglich wäre es vielleicht … obgleich es sicher nicht leicht ist und viel Geduld und Übung erfordert. Ganz abgesehen davon, dass es auch nicht ungefährlich wäre, weil …«

»Das ist mir egal«, unterbrach Ariane sie forsch. Nie wieder wollte sie untätig mit ansehen müssen, wie es Lili ans Leben ging. Nie wieder! »Ich will, dass du mich unterrichtest!«

Die Willenskraft, mit der sie diesen Wunsch aussprach, ließ keinen Zweifel daran, wie ernst es ihr war. Esther, Leonore und

Professor Leuchtegrund, der inzwischen aufgestanden und mit seiner Tasse in der Hand zu ihnen getreten war, wechselten vielsagende Blicke. Doch bevor einer von ihnen antworten konnte, erinnerte Cornelius sie schlagartig daran, weshalb sie eigentlich hier waren.

»Oh Mann«, rief er. »Das müsst ihr euch ansehen!«

★ ★ ★

Noch immer benommen trat Lili aus dem Wald heraus. Sobald sie das dämmrige Laubwerk hinter sich hatte, vernahm sie ein seltsames Surren, wie von einem gewaltigen Bienenstock. Neugierig erklomm sie die letzten Meter bis zur Spitze des Hügels, und noch bevor sie etwas erkennen konnte, schlug ihr ein furchtbarer Gestank entgegen.

Vor ihr lag ein Talkessel, der an drei Seiten von einer hohen Gebirgskette eingeschlossen und nach vorne hin von dem dunklen Fluss begrenzt wurde. Doch was Berge und Wasser umschlossen, entzog sich ihren Blicken, denn über dem Tal lag eine mächtige Windhose, die fast bis in den grauen Himmel ragte und sich unaufhörlich drehte. In ihrem Auge musste Rosalies Welt liegen. Dort war das Mädchen gefangen.

Je näher Lili kam, desto lauter wurde das Summen, und als sie ans Wasser gelangt war, erkannte sie mit Grauen, woher es stammte: In der Windhose bewegten sich Millionen, nein,

Milliarden schwarzblauer Fliegen, die der Gestank der Angst angezogen hatte, sodass es fast aussah, als bestünde der Wirbel allein aus diesen gierigen Unholden. Angeekelt wich Lili ein Stück zurück, stolperte über einen Stein und schlug hin. Nur der Fluss trennte sie noch von dieser letzten großen Hürde.

Müde und ausgebrannt beugte sie sich ein Stück hinunter, um Wasser zu schöpfen und sich zu erfrischen. Doch auch das Wasser stank und floss wie schwarze Tinte dahin. Angewidert zog sie die ausgestreckte Hand zurück, da fiel ihr noch etwas auf: Auf der glatten Oberfläche des Wassers zeigte sich kein einziges Bild. Weder die Sonne noch die Wolken und schon gar nicht der hässliche Insektenwirbel spiegelten sich auf ihr. Das dickflüssige schwarze Nass schien auf merkwürdige Art und Weise blind. Es wirkte seelenlos und tot.

Auch war weit und breit keine Brücke zu sehen, was noch schlimmer war, denn Lili hatte keine Ahnung, wie sie dieses breite Gewässer überwinden sollte. Keinesfalls würde sie in dieses unheimliche schleimige Etwas hineintauchen, nein, niemals. *Und überhaupt,* dachte sie, *mal angenommen, ich schaffe es, den Fluss zu überqueren: Wie um alles in der Welt soll ich diesen stinkenden, wütenden Wirbel durchbrechen?*

Sie bekam jetzt schon eine Gänsehaut, wenn sie nur daran dachte.

Nur keine Furcht, ermahnte sie sich und dachte sehnsüchtig an die weit entfernten Freunde. Sie musste dieses Abenteuer einfach durchstehen. Wie, damit würde sie sich später auseinandersetzen. Jetzt galt es, ihre ganze Aufmerksamkeit dem Fluss zuzuwenden. Tapfer straffte sie die Schultern und begann, das Ufer abzusuchen. Irgendetwas Hilfreiches würde sie schon finden.

Die Luft flirrte inzwischen vor Hitze. Sie war so zäh und schwer, dass es den Anschein machte, man könne sie packen und in ein Glas sperren. Lilis Zunge war bereits vor Durst geschwollen und ihre Arme verbrannt, als sie endlich in der Ferne etwas glitzern sah. Dort, wo der Fluss eine sanfte Biegung machte, sah sie eine kleine hölzerne Barke liegen, deren trockenes Holz silbern in der Nachmittagssonne glänzte. Doch als sie dort ankam, fand sie nur einen halb verfallenen Einbaum, der an einer seichten Uferstelle im Morast stecken geblieben war. Auch war er ganz offensichtlich nicht von Menschenhand erschaffen worden, denn die winzige schmale Mulde, die in ihn geschlagen war, war uneben und splitterig. Wahrscheinlich war es einer der Bäume, die dem tosenden Wirbel zum Opfer gefallen waren. Vielleicht hatte ihn auch ein Gewitter gefällt oder ein Blitz zum Bersten gebracht. Egal! Er musste genügen. Etwas anderes würde sie ohnehin nicht finden.

Kurzerhand holte Lili vom Waldrand einen dicken Ast, den sie als Ruder benutzen konnte, zog Schuhe und Socken aus und trat in den stinkenden Uferschlamm. Voller Ekel wuchtete sie den Einbaum mit Hilfe des Steckens frei, kniete sich hinein und stieß sich ab.

Kaum hatte sie das getan, erwachte der geheimnisvolle Fluss zum Leben. Als hätte der schwirrende Wirbel sie jetzt erst entdeckt, lösten sich einzelne kleine Ableger aus seinem Leib und rasten auf sie zu. Ihr Gegner schickte ihr seine Soldaten entgegen.

Die wütenden kleinen Wirbel fegten über das dickflüssige Wasser hinweg und begannen, seine Oberfläche zu kräuseln, sie bauten Wellen und schufen Strudel, sodass Lilis Einbaum hin und her geworfen wurde. So sehr sie sich auch bemühte, sie konnte den ständig wachsenden Winden nichts entgegensetzen. Es war, als wuchsen die Kräfte der Wirbel mit jedem Tropfen, den sie von der Haut des Flusses leckten. Der Einbaum hüpfte und drehte sich wie ein Spielball in ihren Klauen und das Summen ihrer widerlichen Feinde hallte über die Flut wie schadenfrohes Gelächter.

Lili hielt sich, so gut sie konnte, doch Fliegen, Wind und Gischt sprangen ihr ins Gesicht und nahmen ihr die Sicht, bis sie nur noch verzweifelt und wild um sich schlug, um die lästigen Angreifer zu vertreiben und das Kentern des Kahns zu verhindern. In all dem Durcheinander entglitt der Stecken ihren Händen und verschwand in der Flut. Was würde sie darum geben, wenn Smolly jetzt bei ihr wäre, oder Ariane! Ja, Ariane würde sicher nicht so schnell in Panik geraten wie sie. Ariane würde einen Ausweg finden, den Angreifern die Stirn bieten und ihnen furchtbare Flüche entgegenschleudern. Smolly würde vermutlich nur verärgert den Kopf schütteln über die planlose Art ihrer Verteidigung und ihr raten, doch gefälligst einmal ihren Grips zu benutzen und das, was man ihr in mühevoller Arbeit versucht hatte beizubringen. Doch weiß Gott, das hier war schlimmer als der verbotene Bezirk, schlimmer als die Hölle selbst – oder war das womöglich die Hölle? Ja, das musste die Hölle sein, die Hölle, die Hölle, die ...

Kurz bevor sie das Bewusstsein verlor, sah sie plötzlich das rettende Ufer. Es war ganz nah, die Wellen hatten sie direkt darauf zu gepeitscht. Und was war das? Irgendetwas schlug hohl gegen das Holz, als spielte der Tod bereits mit ihren Knochen.

Es war der Stecken, der direkt neben ihr im Wasser schwamm. Schnell ergriff sie ihn. Was für ein gutes Gefühl! Das harte, nasse Holz in den Händen fasste sie noch einmal Mut. Sie war bereits wieder in seichtem Gewässer. Vorsichtig raffte sie sich vom Boden des Einbaums auf, zwang sich auf die Knie und stieß den Stock entschlossen und kraftvoll in die dunkle Flut.

Doch das Wasser hatte seinen Fehler erkannt und nun schäumte es geradezu vor Wut. Die Wellen peitschen über sie hinweg und die Winde sammelten sich zum Sturm. Dort, wo ihr Atem das Wasser traf, entstand eine riesige Welle. Höher und höher wuchs sie heran und rollte mit schäumender Gischt auf den Einbaum zu. Kurz bevor Lili das Ufer erreichte, begann sich der haushohe Brecher zu verformen, bis er die Gestalt eines riesigen Wolfskopfes hatte. Alle Farbe wich Lili aus dem Gesicht und es war, als schlüge ihr das Herz direkt hinter der Stirn. Schon war das Ungeheuer über ihr, riss sein Maul auf und wollte sie verschlingen, da stieß der Einbaum auf Grund und schleuderte sie ans rettende Ufer.

Der Wirbel der Angst

Kaum hatte sie festen Boden unter den Füßen, war der Albtraum vorbei. Lili ließ sich auf den Rücken fallen und schloss erschöpft die Augen. Dies war erst ihr zweiter Tag auf der Reise in Rosalies Bewusstsein, und sie war bereits von einer Bestie angefallen und beinahe im Fluss ertränkt worden. Was würde als Nächstes kommen?

Im Zustand völliger Erschöpfung dachte sie an Iloias Worte über die Freiheit des Menschen, den Funken Göttlichkeit, den ihnen der Schöpfer geschenkt hatte. Kein Wunder, dass er damit nichts mehr zu schaffen haben wollte und seinen Engeln den Zutritt untersagte, dachte sie mit einem Anflug von Galgenhumor. Wenn man sah, was der Mensch so alles anstellte mit seiner Freiheit! Er konnte sich sein eigenes Paradies erschaffen, aber auch seine eigene Hölle.

Doch sogleich besann sie sich wieder. War das nicht ungerecht? Schließlich war Rosalie noch ein Kind. Sie war unschuldig in diese Misere geraten. Völlig unschuldig.

★ ★ ★

»Also dann, worauf wartest du noch? Heb deinen Hintern, und bring die Sache zu Ende. Je schneller, desto besser!«

★ ★ ★

Lili fuhr hoch. Das hatte sie unmöglich selbst gedacht, das waren nicht ihre Worte. Sie passten eher zu ...

»Ariane? Ariane!«, rief sie und sah sich nach allen Seiten um, doch da war niemand.˙Niemand außer der grauen Windhose, die nun stumm vor sich hin wirbelte.

★ ★ ★

Doch weit entfernt lächelte ihre Freundin zufrieden in sich hinein.

★ ★ ★

Lili stand auf. Wieder erwachte die seltsame stumme Welt in dem Moment zum Leben, als Lili in Aktion trat. Kaum machte sie den ersten Schritt, da kamen aus dem geheimnisvollen grauen Wirbel die Fliegen herausgekrochen und begannen sie zu umschwirren. Der Himmel hatte sich mit grauen Tüchern behängt und direkt neben der Sonne stand bereits der Mond. Noch sah man ihn kaum. Er war durchsichtig und blass wie ein krankes Kind, doch das würde sich rasch ändern. Bis zum

Einbruch der Nacht konnten es nur noch wenige Stunden sein. Bei jedem Schritt musste Lili sich gegen die zweiflügeligen Unholde wehren, die ihr ins Haar krochen und das Salz von ihrer Haut leckten.

Endlich hatte sie die Windhose erreicht. Wie der Schatten eines Riesen ragte sie vor ihr in die Höhe und gerade, als sie sich fragte, was sie nun tun sollte, hörte sie aus dem Wirbel Stimmengewisper und Gekicher.

Und dann sah sie es: In der grauen Wirbelwand formten sich hier und dort Gesichter, traten höhnische Fratzen heraus wie bewegte Reliefs. Sie wechselten ständig ihre Form und ihren Platz und unterhielten sich leise miteinander, wobei sie Lili neugierig begafften.

»Wer ist sie denn?«, fragte das Eine.

»Was will sie denn?«, zischte ein Anderes.

»Was hat sie hier zu suchen?«, raunzte ein Drittes und wölbte sich weit aus dem Wirbel heraus, um Lili zu mustern.

Ständig erschienen neue Gesichter, während andere wieder verschwanden, doch sie schienen nicht bedrohlich, und so beschloss Lili, sie anzusprechen.

»Hallo, hallooho …! Ich bin Lili und ich möchte ins Innere des Wirbels.«

Wieder ging das Getuschel los:

»Was hat sie gesagt?«

»Ich weiß es nicht.«

»Wer ist sie denn?«

»Ich kenn sie nicht!«

Die komischen Fratzen raunten sich Fragen und Bemerkungen zu, wobei manche erstaunt über ihre Kühnheit schienen und andere sich offen über ihr Vorhaben lustig machten. Diese begannen höhnisch zu lachen, jene grinsten hämisch und wieder andere kicherten verstohlen. Doch keine richtete das Wort an sie. Als das dumme Spiel kein Ende nahm, wurde es Lili zu bunt. Der alte Zorn ergriff sie, und mit ihm kam auch die Kraft zurück. Wütend, die Hände zu Fäusten erhoben, schrie sie die Wesen an: »He, ihr da! Was gafft ihr mich so dämlich an? Sagt mir lieber, wie ich hineinkomme.«

»Sie will hinein?«, fragte ein Gesicht und begann wieder zu kichern.

»Ja, das hat sie gesagt«, murmelte ein Zweites und fing ebenfalls an zu gackern.

»Vielleicht ist sie verrückt«, brüllte ein Drittes.

»Oder größenwahnsinnig«, grölte ein Viertes.

Lili platzte fast vor Ungeduld und Ärger. »Was ist, könnt ihr mir helfen? Wisst ihr den Weg?«, versuchte sie es etwas freundlicher, was gar nicht einfach war.

Doch die Fratzen scherte das nicht und wieder begannen sie ihr böses Spiel.

»Sie fragt nach dem Weg«, rief Eine einer Anderen zu.

»So, dem Weg?«, schrie die Nächste und konnte sich kaum halten vor Lachen.

»Ja, dem Weg«, wieherte noch Eine.

»Dann muss sie das Rätsel lösen.«

»Ja, das muss sie wohl.«

Es war ein merkwürdiges Gefühl, so ignoriert zu werden. Lili kam sich dumm und einfältig vor. *Was bilden sich diese blöden Dinger nur ein? Schließlich bin ich nicht irgendwer. Ich bin eine Grenzgängerin,* fauchte es trotzig in ihrem Innern. Doch sofort beherrschte sie sich wieder.

»Welches Rätsel?«, fragte sie und konnte vor Wut kaum atmen.

Doch ihr Zorn prallte an den hässlichen Masken ab und spornte ihren Spott nur noch mehr an:

»Hat sie gefragt, welches Rätsel?«

»Ja, das hat sie, stell dir vor!«

»Welches Rätsel, wel... hahaha ... hoho ... hihi ...«

»Ja, stell dir vor, welches Rät... hihihihoho ...«

Das war zu viel! Mit aller Gewalt brach der Zorn aus Lili heraus wie ein Feuer speiender Drache.

»Was soll das?«, brüllte sie gegen das hässliche Lachen an. »Redet gefälligst mit mir. Wer seid ihr überhaupt?«

Kaum hatte sie die letzte Frage gestellt, da erstarb das Gelächter, die Fliegen gaben Lili frei und der Wirbel hörte auf sich zu drehen.

Vor ihr in der grauen Wolkenmasse waren noch vier Gesichter, von denen sich ihr nun eines entgegenneigte und sie triumphierend beäugte. »Das genau ist das Rätsel«, höhnte es und grinste breit.

Lili war völlig überrumpelt. »Was?«

»Löse es und du kommst hindurch«, flüsterte die grinsende Fratze und verzerrte sich noch mehr, sofern das überhaupt möglich war.

»Es lösen? Wie lautet es denn?«, fragte Lili, die völlig aus dem Konzept war, verwirrt.

Da kam das erste Gesicht auf sie zu, sah ihr tief in die Augen und wisperte: »Es hilft kein Flehen, Kämpfen, Rennen. Wer mich besiegen will, muss meinen Namen nennen.«

Auch das zweite Gesicht reckte sich vor, sodass seine Nase Lili fast berührte, und rief höhnisch: »Ich bin keine Krankheit und kann dich doch infizieren.«

Unter dem Gegröle der anderen näherte sich das dritte Gesicht: »Ich sperr dich ein im eignen Haus und reiße alle Fenster raus.«

Wieder lachten die Fratzen sie aus, als das vierte Gesicht sich zu ihr reckte und sprach: »Ich komme immer ungebeten und gehe nie, wenn ich es soll.«

Dann umringten sie plötzlich alle und flüsterten im Chor: »Ein jeder ist geneigt, mir zu glauben, und doch sage ich nie die Wahrheit.«

Als sie geendet hatten, verschwanden sie unter lautem Geschrei und Gekicher wieder in der Wolkenwand und jubelten sich zu, als seien sie gewiss, dass niemand je ihr Rätsel lösen würde. Und noch während Lili sich von ihrem Erstaunen erholte, begannen sie ihre Unterhaltung von Neuem und straften ihren Gast mit kalter Ignoranz.

Lili sah ein, dass es keinen Zweck hatte, mit ihnen zu streiten. Sie musste das Rätsel lösen, das war ihre einzige Chance, und so setzte sie sich ins verdorrte Gras und begann zu grübeln. Doch sie war es nicht gewohnt, übersehen zu werden, und der Ärger über das respektlose Benehmen der fliegengesichtigen Fratzen hinderte sie daran, auch nur einen klaren Gedanken zu fassen.

Entnervt legte sie den Kopf auf die Knie. Dass sie den ganzen Tag noch nichts gegessen und getrunken hatte, trübte ihre Stimmung obendrein. Was ihr bevorstand, wenn sie nicht bald ein wenig genießbares Wasser fand, daran wagte sie gar nicht zu denken. Mit aller Mühe und Kraft, die sie noch aufbringen konnte, versuchte sie sich an das Rätsel zu erinnern:

Es hilft kein Flehen, Kämpfen, Rennen.
Wer mich besiegen will, muss meinen Namen nennen.
Ich bin keine Krankheit und kann dich doch infizieren.
Ich sperr dich ein im eignen Haus
und reiße alle Fenster raus.
Ein jeder ist geneigt, mir zu glauben,
und doch sage ich nie die Wahrheit.

Was konnte das nur sein? Sie war sich fast sicher, dass sie die Lösung bereits kannte, und doch rutschte sie ihr nicht auf die Zunge.

Erschlagen durch die schwüle Nachmittagsluft, die sich wie Blei auf ihre Lider legte, schloss sie die Augen und fuhr sich mit den Händen durch die zerzausten Locken. Schläfrig wanderten ihre Gedanken zu den weit entfernten Freunden zurück.

»Helft mir«, stammelte sie erschöpft mit ausgetrockneten Lippen, »ich kann nicht mehr weiter. Ich weiß nicht, was ich tun soll. Ich bin so leer ...«

★ ★ ★

»Herrje! Wie kann man sich nur so hängen lassen. Verdammt, Lili, mach jetzt bloß nicht schlapp!«

Ariane war von ihrem Stuhl aufgesprungen, auf dem sie sich schon seit geraumer Zeit nur noch mit Mühe halten konnte, und war ans Fußende des Krankenbettes geeilt, dessen stählernes Gerüst ihre Finger jetzt fest umklammerten. Nut, durch den Ruck aus tiefem Schlaf erwacht, war ebenfalls aufgesprungen und stand auf allen vieren auf der Matratze. Irritiert und erwartungsvoll sah er Ariane aus seinen treuen blauen Augen an.

Auch Esther, die immer noch an Lilis Bettkante saß, war alarmiert, aber vorsichtig aufgestanden, um eine Dummheit des Mädchens zu verhindern.

Wie eine Schockwelle war Arianes hastige Bewegung durch den Raum geschnellt und hatte alle aus einer tranceartigen Ruhe gerissen, in die sie durch die Konzentration und das Warten bereits seit Stunden versunken waren. Das alles hatte nur Sekunden gedauert, und bevor Ariane einen Fehler begehen und Lili schütteln konnte, schloss sich von hinten eine Hand mit festem Druck um ihre Schulter.

»Beruhige dich« flüsterte eine leise, aber sehr bestimmte Stimme ihr zu. »Wenn du jetzt die Nerven verlierst, nützt das niemandem. Sie wird es schon schaffen.«

Ariane fuhr herum. Ihr aufgewühlter Blick sprach Bände. Gott, wie sie das hasste, diese Ruhe, dieses Vertrauen, diese unendliche Geduld ... Das alles machte sie halb wahnsinnig. Sie wollte handeln und nicht immer nur zuschauen und hinnehmen, was eben geschah. Angewidert flog ihr Blick über die kleine Gruppe Menschen, die nun schon seit Tagen hier mit ihr eingesperrt waren. Die zweite Nacht begann bereits, und Lili hatte Rosalie noch nicht einmal gefunden. Und was taten sie, sie alle? Nichts!

Louisa war irgendwann zurückgekehrt, hatte eine Weile mit Professor Leuchtegrund und Dr. Jaworski geflüstert und sich dann auf einem dieser grauenhaft unbequemen Krankenhausstühle niedergelassen. Den Rosenkranz in den Händen, den Kopf geneigt, bewegten sich ihre Lippen stumm im Gebet. Professor Leuchtegrund lief schon wieder in tiefer Konzentration vor dem Fenster auf und ab. Er musste inzwischen einen Marathon hinter sich haben. Esther saß unbeweglich wie eine wachsame Eule an Lilis Bett und hielt ihre Hand, während ihre Wenigkeit und der gute alte Cornelius mit geröteten Augen Lilis Qualen auf dem Bildschirm verfolgten.

Die Luft im Raum war so dick, dass es ein Leichtes wäre, sie in Scheiben zu schneiden, und all das wurde nur durch Louisas Pflegearbeiten, eine hastige, stille Mahlzeit oder einen Toilettengang unterbrochen. Das weitaus Schlimmste aber war das ewige Schweigen, diese endlose Stille, die ihr zum Gefängnis wurde. Auch Lili war inzwischen an einen Tropf angeschlossen, damit sie mit Flüssigkeit versorgt werden konnte, doch was nützte ihr das, wenn sie dort, wo ihr Geist sich im Moment befand, dennoch Durst litt?

Nein! Es reichte. Sie hatte genug von dieser Tatenlosigkeit. Sie würde jetzt handeln, eingreifen, der Freundin helfen. Schließlich hatten sie das sonst ja auch getan, warum also nicht auch diesmal?

»Natürlich!«, murmelte sie. Wie ein Blitz durchzuckte sie die Erkenntnis. Ihr Blick suchte die Augen der anderen. »Wie dämlich kann man eigentlich sein?«, rief sie. »Die stickige Krankenhausluft muss uns das Gehirn vernebelt haben.«

Entschlossen fegte sie Leonores Hand von ihrer Schulter und ging zurück zu Cornelius, der sie erwartungsvoll ansah. Auch die anderen kamen näher und tauschten Blicke, als erwachten sie aus einem langen Winterschlaf. Doch Ariane nahm das fragende Erstaunen in den Augen der Kameraden gar nicht war. Sie war bereits auf vollen Touren, zog sich den Stuhl neben Cornelius heran und stieß ihn unsanft ein Stück zur Seite.

»Meine Fresse!«, brummte sie vor sich hin und griff sich die Tastatur. »Wie kann man nur so vernagelt sein?«

Doch bevor ihre Finger eine Taste drücken konnten, erwachte Cornelius aus seiner Erstarrung und holte sich sein Eigentum zurück.

»He! Was soll das?«, meckerte er. »Gib das her. Das mach ich lieber selber.«

»Is ja gut, reg dich ab!«, blaffte Ariane zurück und sah kurz in die fragende Runde.

»Wir schicken Lili eine Nachricht!«, erklärte sie. »Dazu ist der ganze Mist hier doch wohl da, oder nicht?« Und noch bevor jemand protestieren konnte, sprach sie weiter, an Cornelius gewandt: »Sag ihr, sie soll sich erinnern.«

Cornelius starrte sie völlig entgeistert an und auch die anderen begriffen nur langsam, doch als sie endlich verstanden, worauf Ariane hinauswollte, stießen sie anerkennend die Luft aus. Jetzt waren alle wieder hellwach. Wo hatten sie nur ihren Verstand gehabt? Ariane, die aus den Augenwinkeln sah, dass keiner einlenkte, stieß Cornelius in die Rippen.

»Nun mach schon. Schreib ihr, sie soll sich an Iloias Worte erinnern. Na los doch!«, drängte sie.

Verunsichert warf Cornelius einen Blick in die Runde hinter sich und sah Leonore zustimmend nicken. Da schob er seine Brille zurecht und tippte, zuerst wie in Zeitlupe, doch endlich begriff er, und seine Finger begangen, über die Tasten zu fliegen. *Erinnere dich. Erinnere dich an das, was Iloia gesagt hat. Erinnere dich!*

★ ★ ★

Lili schreckte aus einem leichten Dämmerschlaf hoch. Was war das? Hatte sie geträumt oder hatte sie tatsächlich jemand gerufen? Erwartungsvoll sah sie sich um. Doch da war niemand. Nichts außer den Wolken, die sich über ihr bedrohlich zusammenzogen, schwer vom Regen. Enttäuscht zog sie den Kopf wieder zwischen die Schultern. Was hatte die Stimme in ihrem Traum gesagt? Angestrengt versuchte sie sich zu erinnern. Ja, natürlich! *Genau das* hatte die Stimme in ihrem Kopf gesagt. Sie sollte sich erinnern. Aber an was? Aufgeregt versuchte sie noch einmal, in sich hinein zu lauschen.

Da hörte sie es wieder: *Erinnere dich. Erinnere dich an das, was Iloia gesagt hat. Erinnere dich!*

Iloia? Rosalies Schutzengel hatte ihr so viel erzählt. Sie konnte sich unmöglich an jede Einzelheit erinnern und überhaupt, was hatte das mit dem Rätsel zu tun? ILOIA! I-L-O-I-A, schmeckte sie seinen Namen auf den Lippen, formte ihn Buchstabe für Buchstabe mit der Zunge, da fiel es ihr wie Schuppen von den Augen. Die ANGST! Das musste die Lösung des Rätsels sein! Hatte Iloia nicht davon gesprochen, Rosalie sei der Angst eine leichte Beute gewesen? Dass der schwarze Wirbel der Angst sie davongerissen hatte und dass sie vor der Macht der Angst geflüchtet sei, an einen Ort, wo die Angst ihr nichts anhaben konnte?

In dem Moment, als der erste Tropfen kalt ihre Hand berührte, sprang sie auf. Ein Schauer des Glücks durchrieselte sie, prickelnd wie Brause. Sie hatte die Lösung gefunden! Noch war nichts verloren, und während die Tropfen dichter und schneller fielen, ihr das Salz von der Haut und den Schlamm aus den Haaren spülten, rannte sie zurück zum Wirbel.

Nur einmal, blieb sie kurz stehen, hob das Gesicht zum Himmel, öffnete den Mund und fing gierig den Regen ein. Hhmm, wie wunderbar er doch schmeckte, wie köstlich! Mit jedem Tropfen, der auf ihre Lippen traf, fanden die Lebensgeister in Lilis Körper zurück – und ihr alter Mut!

Der Wirbel lag still und verlassen da. Nicht einmal die Fliegen kamen bei diesem Wetter heraus und auch von den hässlichen Gesichtern ließ sich keines blicken. Inzwischen regnete es in Strömen.

»He, ihr da! Wo seid ihr? Zeigt euch! Ich hab die Lösung«, rief Lili so laut sie konnte und ließ den Blick über die graue Wand gleiten. Doch es dauerte lange, sehr lange, bis sich die Fratzen herausbemühten, wenig erfreut, dass man sie bei diesem Wetter herbeirief. Aber was scherte es Lili, dass die hässlichen Dinger wasserscheu waren? Sie hatten sie lange genug verspottet. Nun war es an ihr, zu zeigen, was in ihr steckte.

»Was redet sie da?«, fragte das Erste und zuckte zusammen, als ein Tropfen auf seine Nase fiel.

»Was will sie denn schon wieder? Schick sie weg«, meckerte das Zweite und blinzelte sie aus schlaftrunkenen Augen an.

»Sie glaubt, sie weiß die Lösung«, raunte ein Anderes seinen Geschwistern zu.

»Die Lösung? Von was?«, schimpfte die Grimasse neben ihm gelangweilt.

»Na, von dem Rätsel«, kicherte das Vierte und konnte so viel Dummheit gar nicht fassen.

Erstaunt rissen nun alle zugleich Münder und Augen auf.

»Die Lösung des Rätsels?«, hallte es schaurig im Chor.

»Jawohl!« gab Lili schadenfroh zurück. »Es ist DIE ANGST!« rief sie. »Die ANGST, die ANGST, die ANGST!«, und noch während sie das Wort den entsetzten Gesichtern entgegenschleuderte, begannen diese sich aufzulösen. Der Wirbel öffnete sich und ließ sie hinein.

Rosalies Welt

Vor Lili lag eine prachtvolle Sommerlandschaft, die vom goldenen Licht des Nachmittags durchflutet wurde. Sie stand inmitten einer duftenden Blumenwiese, deren seltsam schöne Blüten von geheimnisvollen Insekten umschwirrt wurden. Ein berauschender Duft entstieg den riesigen, bonbonbunten Blütendolden, deren Stängel dick und schillernd wie Zuckerstangen aus dem Boden wuchsen. Farbenprächtige Schmetterlinge und Hummeln, so dick wie Walnüsse, sammelten den Nektar von den streichholzlangen Stempeln. Lili hob eine Hand an die Augen und schaute gegen die Sonne, die wie ein dicker orangefarbener Dotter am Himmel hing und die Gipfel der Berge in flammende Farben tauchte. Vor einem dunklen Wäldchen wuchs am Horizont ein Gehöft aus den Schatten hervor. Langsam ging sie über die Wiese darauf zu, vorbei an den Äckern, deren saftig braune Erde würzig duftete wie frischer Lebkuchen.

Das also war Rosalies Welt! Erbaut aus kindlichen Sehnsüchten und Wünschen, unschuldig und maßlos zugleich. Verführerisch und süß auf den ersten Blick, doch eben nur ein

Schein auf den zweiten, hinter dem sich das Übel der Wirklichkeit verbarg. Lili beschloss einmal mehr, auf der Hut zu sein und sich nicht blenden zu lassen.

Als sie das Gatter zur Seite schob und den Hof betrat, sprang ihr von den hinteren Stallungen ein Mädchen mit leuchtenden blauen Augen und Zöpfen wie Karamell entgegen.

»Endlich!«, rief die Kleine erfreut. »So lange habe ich mir eine Freundin herbeigesehnt, und jetzt bist du da.«

Überrascht ließ Lili sich umarmen. Hier sah Rosalie ganz anders aus. Sie war nicht wiederzuerkennen, als hätte sie in dem muffigen Krankenzimmer des Klosters nur ihren Schatten abgelegt. Doch sie musste es sein.

»Ich bin Rosalie, und wie heißt du?«, fragte das Mädchen fröhlich und beantwortete damit Lilis stumme Frage.

»Lili. Mein Name ist Lili«, stotterte Lili immer noch überrumpelt und ließ sich von dem hüpfenden Kind an die Hand nehmen und ins Haus führen.

Eine große, gemütliche Küche empfing sie, die von einem herrlichen alten Kachelofen beherrscht wurde. Blank polierte Kirschholzdielen knarrten unter ihren Füßen, und vor den niedrigen kleinen Fenstern stand ein großer alter Tisch, eingerahmt von einer Eckbank, auf der sich viele bunte Kissen türmten. Auf dem Tisch stand ein dicker Strauß Sommerblumen und an den Wänden hingen Löffel, Schalen, Teller, Kessel und Töpfe aus Holz und Kupfer.

Rosalie war vor Freude über den Besuch nicht zu bremsen. Mit fliegenden Zöpfen wirbelte sie durch den Raum, schürte das Feuer, stellte ein paar rote Filzpantoffel vor Lilis Füße und deckte den Tisch. Dann lud sie ihren Gast ein, Platz zu nehmen.

»Du hast sicher einen Bärenhunger. Setz dich und iss erst mal, und dann musst du unbedingt erzählen, woher du kommst und was du auf deiner Reise alles erlebt hast.«

Sie reichte Lili eine Schale und einen Krug. Verdutzt stellte diese fest, dass beides leer war.

»Was ist?«, fragte Rosalie. »Magst du etwa keinen Kartoffelsalat? Auch keine Limonade?«, stellte sie enttäuscht fest, als sie Lilis fragenden Blick sah.

»Ähm ...« Lili wusste nicht wie sie der Kleinen klar machen sollte, dass sie weder Salat noch Limonade sah. Offensichtlich waren die Dinge nur für Rosalie sichtbar, weil die sie sich gewünscht hatte, während Lili selbst an Essen noch gar nicht denken konnte. Doch das Mädchen hatte sich schon gefangen.

»Oh!«, sagte sie ebenso fröhlich wie zuvor. »Das macht nichts, dann wünschst du dir einfach etwas anderes. Du musst es dir nur wünschen und schon ist es da. Verstehst du? So ist das hier. Alles, was man sich wünscht, erscheint augenblicklich ... äh ... oder manchmal auch ein bisschen später, so wie du«, rief sie lachend. Doch gleich darauf flog ein kaum merklicher Schatten über ihr Gesicht. »Na ja«, sagte sie, und der Enthusiasmus in ihrer Stimme ließ ein wenig nach, »fast alles.«

Doch dann lachte sie wieder glockenhell, und ehe Lili sie fragen konnte, was sie mit dieser geheimnisvollen Andeutung gemeint hatte, klatsche Rosalie in die Hände und zählte verschiedene Sachen auf: »Brot, Käse, Butter, Salami ...«, sah dann kurz zu Lili und fragte: »Du magst doch Salami, oder willst du lieber ...«

»Nein«, sagte Lili schnell, »Salami ist okay.« Und erstaunt sah sie, wie auf dem Tisch, noch während sie daran dachte, plötzlich ein Brett mit Salami aus dem Nichts erschien. Genauso wie eine Platte mit den verschiedensten Käsesorten und herrliches frisches Brot, das ihr nun ebenfalls in den Sinn kam.

»Gut, dann bedien dich und lass es dir schmecken«, rief Rosalie, die das Schauspiel erfreut beobachtet hatte.

Beide griffen zu, und erst jetzt merkte Lili, was für einen Hunger sie tatsächlich hatte. Als sich ihr Magen mit dem warmen Brot füllte, begann sie sich langsam zu entspannen und die Mädchen erlebten ein fröhliches Abendessen.

Nach dem Essen wuschen sie zusammen ab und spielten dann noch eine Runde Mensch-ärgere-dich-nicht. Rosalies Gesicht sprühte vor Konzentration, ihre Wangen waren gerötet und ihre Augen glänzten. Offensichtlich schien es ihr in ihrer

Welt gut zu gehen. Doch trotz ihres strahlenden Aussehens war da etwas, das Lili stutzen ließ. Und dann, als Rosalie ihr letztes Männchen in den Stall brachte und jubelnd von der Bank sprang, erkannte Lili, was sie störte: Das waren nicht die Stimme und nicht die Augen, nicht das Benehmen und nicht der Jubel eines neunjährigen Mädchens. Nein! Die Rosalie, die hier vor Glück auf und ab sprang, war kindlicher. Viel kindlicher! Sie konnte höchstens sechs oder sieben Jahre alt sein.

Was hatte das zu bedeuten?

Immer noch in Gedanken mit Rosalies seltsamer Bemerkung beschäftigt und durch den Schein ihrer Kindlichkeit beunruhigt, stiegen sie kurz darauf eine kleine Treppe hinauf. Eine Petroleumlampe in der Hand, stieß das Kind eine Tür auf. Sie betraten eine hübsch eingerichtete Kammer mit einem breiten Bett und einem Fenster zur Wiese hin.

»Oh, schau nur. Ist das nicht schön?«, jauchzte Rosalie und zog Lili ans Fenster.

Die Sonne versank soeben in den riesigen Blütenkelchen, als bette sie sich in einer duftend weichen Wiege zur Ruhe.

»Ja, wunderschön«, bestätigte Lili. »Wo wirst du schlafen?«

»Ich bin gleich nebenan.« Rosalie sah Lili aus müden Augen glücklich an. »Ich freue mich ja so auf morgen!«, rief sie gähnend und sprang winkend hinaus.

Es war schon eine gute halbe Stunde her, seit Rosalie ihr eine gute Nacht gewünscht hatte und es im Nebenzimmer ruhig geworden war. Lili lag auf ihrem Bett und starrte in die heraufziehende Dunkelheit. Sie konnte einfach nicht schlafen und grübelte darüber nach, wie sie es anstellen sollte, Rosalie aus diesem Paradies herauszulocken. Da begann sich mit den heraufschwebenden Schatten das Zimmer zu verändern: Zuerst verschwanden die polierten Dielenbretter. Sie zerfielen vor Lilis Augen. Der Boden öffnete sich und grauer Schotter bröckelte hervor. Dann lösten sich die Tapeten von der Wand, das Fachwerk kam zum Vorschein und der Putz rieselte zwischen den Balken hervor. Lili spürte die kühle Nachtluft durch die Ritzen dringen und erschauerte. Plötzlich lösten sich einige Deckenbalken und brachen herunter wie Mikadostäbchen, und ein ganzes Heer von Dachschindeln polterte klappernd herab. Auch die Möbel verschwanden und der Waschkrug mit samt der Schüssel, die Kommode, der Schrank ... und als Lili den Mond wie einen stumpfen Zinnteller am Himmel hängen sah, lag sie mit einem Male nicht mehr in einem Bett voll duftender Daunen, sondern zusammengekauert und frierend auf einem Haufen schimmeligen Strohs inmitten einer verdorrten und trockenen Einöde.

Ohne große Verwunderung, jedoch mit zunehmendem Unbehagen hatte Lili die Verwandlung beobachtet und erkannte, was sie bereits befürchtet hatte: Rosalies Welt gab es nur, solange ihr Bewusstsein sie schuf und erhielt. Doch sobald sie einschlief, zerfiel ihre Scheinwelt und strafte ihr selbst erschaffenes Paradies Lügen.

Sie musste das Mädchen unbedingt hier raus schaffen. Nun ja, ihr blieb die ganze lange Nacht, um eine Lösung zu finden. Zitternd rollte Lili sich auf dem kargen Lager zusammen und begann, über einen Ausweg nachzusinnen.

Irgendwann war sie trotz des harten Lagers eingenickt. Denn als sie erwachte, lag sie auf strahlend weißen Laken gebettet und durch das Schlüsselloch zog der Duft von frischem Kakao herein. Schnell sprang Lili aus dem Bett und zog sich an. Nun hatte sie bereits zwei Nächte in Rosalies Bewusstsein zugebracht, und sie hatte jedes Gefühl für die wirkliche Zeit verloren. Es kam ihr vor, als wäre sie schon Tage unterwegs. Wie viel Zeit hatten sie noch, um rechtzeitig zurückzukehren? Hatte der Prozess womöglich schon begonnen? Sie hatte keine Ahnung. Sie wusste nur eines: dass höchste Eile geboten war. Sie durfte auf Rosalie keine Rücksicht mehr nehmen. Heute musste sie die Sache zu Ende bringen – oder ohne Rosalie zurückkehren. Wenn es ihr heute nicht gelang, die Kleine zu überreden, sich ihren Erinnerungen und damit der realen Welt zu stellen, wäre alles vergebens gewesen.

In der langen, fast schlaflos durchwachten Nacht war ihr etwas klar geworden: Wer keine Vergangenheit hatte, der würde auch nie eine Zukunft haben, würde nur in der Gegenwart leben, im Augenblick. Doch ohne Vergangenheit und Zukunft, konnte es da überhaupt eine Gegenwart geben?

Rosalie sah so jung aus, weil sie verging! Sie verging mit der davonfließenden Gegenwart, weil sie sich weigerte, ihre Vergangenheit hinzunehmen, und sich vor der Zukunft fürchtete. Sie war wie eine Blume, die ohne Erde unter sich und ohne Sonne über sich nicht existieren konnte. Es war nur eine Frage der Zeit, bis sie sich selbst ganz verloren hatte. Das war der Grund, warum sie so viel jünger wirkte. Und die Angst wusste das. Darum ließ sie Rosalie gewähren. Sie musste das Mädchen nicht vernichten – das Mädchen würde sich selbst vernichten, ohne es zu merken!

Mittel zum Zweck

»Das heißt, du kannst nicht bleiben?«, fragte Rosalie.

Während eines ausführlichen Spaziergangs durch das Tal hatte Lili dem kleinen Mädchen ein Heer von Fragen beantwortet. Sie hatte erzählt, dass sie aus einer fernen Welt käme, in der die Dinge nicht ganz so bunt und einfach wären wie hier, in der es dafür aber viele andere Menschen gab. Natürlich machte die Vielfalt der Menschen die Dinge oft schwerer, dafür aber auch interessanter.

»Weißt du, wenn alles immer nach den eigenen Wünschen geht, mag das ja eine Weile schön sein, aber auf Dauer wird die Sache doch ziemlich langweilig, findest du nicht? Natürlich ist deine Welt wunderbar, aber eben auch sehr berechenbar. Wenn alles nach Wunsch geht, dann gibt es ja gar keine Überraschungen mehr. Und außerdem, fühlst du dich nicht manchmal schrecklich einsam? Außer uns habe ich hier noch keinen Menschen gesehen«, bohrte Lili weiter und hütete sich, der Kleinen Zeit zum Antworten zu geben. Ihr Plan war, das Mädchen durch Erzählungen über die äußere Welt aufzuwühlen und zu verunsichern, ihre Neugier so zu schüren, dass sie Lili auf eine Reise, einen Besuch begleiten würde. Zugegeben, der Plan war nicht fair, aber für Empfindlichkeiten hatte sie einfach keine Zeit.

»Hast du denn keine Eltern, Verwandten, Freunde? Lebst du hier etwa ganz allein? Das stelle ich mir schrecklich vor. So schön eine Welt auch sein mag, ohne meine Freunde könnte ich sie mir nicht vorstellen.«

An Rosalies Gesichtsausdruck erkannte sie, dass ihr Samen langsam aufging. Das Mädchen wirkte zunehmend zerknirschter.

»Oh!«, seufzte Rosalie mit tiefer Traurigkeit in der Stimme. »Ich weiß auch nicht. Ich war schon immer alleine hier.«

»Tatsächlich? Aber du musst doch eine Mutter haben, einen Vater? Irgendwer muss dich doch geboren und großgezogen haben. Niemand ist doch einfach so da!«, trieb Lili das böse Spiel weiter.

»Ich … ich weiß nicht. Es war schon immer so. Ich kann mich an nichts anderes erinnern.«

»Ja, sehnst du dich denn nicht nach einer Familie?«

»Doch, doch«, versicherte Rosalie schnell. »Schon, aber … Ich weiß nicht, was es damit auf sich hat«, sagte sie plötzlich mit bebender Stimme. »Ich verstehe es auch nicht. Es funktioniert einfach bei Menschen nicht«, rief das Kind verzweifelt. Nur um gleich darauf den Blick wieder freudig zu erheben und strahlend fortzufahren: »Außer bei dir. Bei dir hat es das erste Mal geklappt, wenn auch mit ordentlich Verspätung.«

»Wovon redest du?«, fragte Lili irritiert.

»Na, vom Wünschen«, erklärte Rosalie. »Bisher ist alles, was ich mir gewünscht habe, sofort in Erfüllung gegangen. Wenn ich mir Brot wünsche, erscheint Brot. Wünsche ich mir ein Tier, bekomme ich es. Eine Puppe, ein Fahrrad oder ein schönes neues Kleid – ich muss es mir nur wünschen, und schon ist es da. Außer bei ... bei ...«, stockte sie.

»Bei ...?«, drängte Lili, denn sie merkte, dass sie der Lösung des Rätsels immer näher kam.

»Außer bei Menschen«, flüsterte Rosalie traurig und senkte mit hängenden Schultern den Blick. »Bei Menschen klappt es nicht.«

»Wie meinst du das?«

»Na ja, ehrlich gesagt war ich schon ein wenig einsam. Nicht dass es mir hier nicht gefällt, das darfst du nicht glauben«, beeilte sie sich zu versichern. »Nur ... «

»Nur?«, hakte Lili nach.

»Also ... ich habe mir eine Mutter herbeigewünscht und auch eine Oma. Aber es hat nicht funktioniert. Immer und immer wieder habe ich es versucht, aber es klappt einfach nicht, und dabei ... dabei ...« Wieder traten Tränen in Rosalies Augen und sie trat unruhig von einem Fuß auf den anderen, als wäre der Boden zu heiß, um darauf stehen zu können.

»Ja?«

»Dabei ist das mein größter Wunsch gewesen«, gab Rosalie zu und die Tränen begannen ihr über die Wangen zu fließen.

Lilis Herz zog sich vor Mitleid zusammen, doch sie durfte jetzt nicht weich werden. Sie musste mit ihrer Manipulation weitermachen. »Hast du es schon mal mit einem Vater probiert?«, stocherte Lili schweren Herzens in der aufbrechenden Wunde.

Rosalie nickte beklommen und schüttelte gleich danach heftig den Kopf.

Also hatte das Wünschen bei einem Vater auch versagt. Was hatte das zu bedeuten? Sie hakte das Mädchen unter und gemeinsam gingen sie schweigend zurück zum Hof und setzten sich auf die Holzbank im Schatten vor dem Haus. Als sie eine Weile gesessen und vor sich hin gegrübelt hatten, fiel Lili eine kleine Hundehütte ins Auge. Eigentlich war es ein richtiges Hundehaus, blau gestrichen mit einem roten kleinen Schindeldach und einer bunten Decke darin. Auch ein mit Wasser gefüllter Napf stand an der Seite. Nur der Hund war nirgends zu entdecken. Da fiel es Lili wie Schuppen von den Augen, und schnell stellte sie die nächste Frage, um sich Gewissheit zu verschaffen.

»Was für eine hübsche Hundehütte«, sagte sie so unverfänglich wie möglich. »Wo ist dein Hund? Er hat mich noch gar nicht begrüßt.«

Sie kam sich schrecklich hinterhältig vor, als sie sah, dass Rosalies Gesicht sich sofort wieder verfinsterte.

»Es gibt keinen«, antwortete das Mädchen und ihre Mundwinkel zuckten verdächtig. »Es ... es hat auch ... da nicht gewirkt. Ich habe mir so sehr einen kleinen Freund gewünscht, aber es hat einfach nicht geklappt.«

»Aber du hast doch ein Pony und ein Schaf und ...«

Rosalie zuckte nur resigniert mit den Schultern. Offensichtlich wusste sie auch keine Erklärung.

Dafür sah sich Lili jetzt in ihrer Ahnung bestätigt: Rosalies Wünsche erfüllten sich offensichtlich nur bei Wesen, die es in der realen Welt nicht gab. Alles, was in Wirklichkeit existierte oder existiert hatte, konnte Rosalie sich nicht herbeiwünschen, denn das würde bedeuten, dass sie sich ihrer Vergangenheit stellte, und davor blockierte sie instinktiv. Wenn sie sich ihren Erinnerungen stellen würde, würde ihre Fantasiewelt einstürzen wie ein Kartenhaus.

Ihren Vater und Nut gab es wirklich, auch Mutter und Großmutter hatte es gegeben. Rosalie konnte sie nur wiederfinden, aber nicht herbeiwünschen. Und genau diese Tatsache würde Lili sich zunutze machen, um das Mädchen fortzulocken. Sie war bereit, jedes Mittel und jeden Trick zu nutzen, um mit Rosalie heil zurückzukehren.

Noch während Lili überlegte, sprang Rosalie auf. Die Tränen hatten auf ihren Wangen salzige Spuren hinterlassen, aber ihre Augen begannen bereits wieder zu leuchten.

»Aber nun bist du ja hier. Bei dir hat es das erste Mal geklappt. Du darfst mich nicht wieder verlassen. Versprich mir, dass du bleibst.«

Als sie sah, dass Lili zögerte, begann sie zu betteln. »Wenigstens noch eine Weile. Du bist doch erst einen Tag hier und ich habe mich so nach einer Freundin gesehnt.«

Was Lili nun sagen musste, schnitt ihr ins Herz, doch sie sagte es dennoch. Es gab keinen anderen Weg. »Weißt du, ich glaube, da irrst du dich, Rosalie.«

»Wieso?«

»Ich bin nicht hier, weil du es dir gewünscht hast. Sonst hätte die Erfüllung deines Wunsches bestimmt nicht so lange auf sich warten lassen. Ich bin aus freien Stücken hier. Ich bin hier, weil ich hierher kommen wollte. Weil ich etwas suche. Etwas, dass ich unbedingt wiederfinden muss. Etwas, das viele Menschen in meiner Welt schmerzlich vermissen und das ich versprochen habe zurückzuholen.«

Das Mädchen sah sie nur verständnislos an.

»Du willst also nicht meine Freundin sein?«, fragte sie tonlos.

»Doch. Natürlich. Das wäre ich gern«, versicherte ihr Lili schnell. »Aber zuerst muss ich meinen Auftrag erfüllen, denn das habe ich meinen Freunden in der anderen Welt versprochen.«

Eine Weile sahen sie sich stumm an und Lili konnte sehen, wie es hinter Rosalies Stirn arbeitete. Würde ihr Plan aufgehen?

»Was ... was ist das denn, das du suchst?«, fragte das Mädchen in diesem Augenblick vorsichtig.

»Das weiß ich leider auch nicht so genau«, spielte Lili ihren gefährlichen Trumpf aus. »Weißt du, man hat mir nur gesagt, dass ich es erkennen würde, wenn ich es finde.«

Rosalie sah sie erstaunt an. »Wie soll das denn gehen?«

»Na ja«, erklärte Lili. »Das ist eben der Unterschied zwischen deinem Land und dem Land, aus dem ich komme. Wenn du etwas willst, brauchst du es dir nur zu wünschen. Bei uns liegen die Dinge anders: Es kann sein, dass man sich lange auf dem Weg befindet und viel Zeit und Mühe aufwenden muss, nur um dann etwas ganz anderes zu finden, als man eigentlich gesucht hat, und *noch viel später* festzustellen, dass es trotzdem genau das Richtige war, das man gefunden hat. Oder man weiß gar nicht recht, was man sich wünscht, und findet etwas, ohne es gesucht zu haben. Und erst in dem Moment, in dem man es findet, erkennt man, dass man sich genau das gewünscht hat. Das eben ist das Geheimnis und das Überraschende. Nichts ist in meiner

Welt wirklich vorhersehbar, so wie bei dir, aber das heißt nicht, dass es dort nicht genauso schön ist. Wenn ich es mir recht überlege, ist es eigentlich sogar viel schöner dort. Auch wenn man nicht immer bekommt, was man ursprünglich haben wollte.«

»Hört sich geheimnisvoll an«, wisperte Rosalie.

»Ja, das ist es. Wirklich. Ehrlich gesagt«, versicherte Lili und legte damit die letzte Schlinge aus, »ehrlich gesagt, möchte ich nirgends sonst leben.«

»Du willst also wirklich wieder fort?«

»Ja, ich muss.«

Wieder blieben sie eine Weile stumm und Lili bangte, ob ihr Plan glücken würde. Doch dann biss Rosalie an: »Könnte ...«, begann das Kind leise, »... könnte ich dir nicht vielleicht suchen helfen?«

Lilis Herz machte einen Sprung vor Freude. Sie hatte es geschafft! Die erste Hürde war genommen. Rosalie würde sie begleiten. Doch noch musste sie das feine Gewebe fertigspinnen.

»Wie stellst du dir das vor?«

»Na ja«, wand sich Rosalie und spielte unsicher mit ihren Fingern. »Ich könnte dich doch begleiten ...« Lili hielt den Atem an, »... und wenn du gefunden hast, was du suchst, könntest du eine Weile mit mir zurückkommen und mir Gesellschaft leisten. Als Freundin. So wie ein Urlaub oder Ferien«, versuchte Rosalie

Lili zu überreden und zeigte damit, wie schrecklich einsam sie wirklich war.

»Hm. Ja, das wäre vielleicht möglich.« Plötzlich ergriff Lili Rosalies Hände und schüttelte sie erfreut, als würde sie den Vorschlag des Mädchens gerade erst verstehen.

»Oh ja!«, rief sie. »Na klar! Du willst mich begleiten? Das wäre wunderbar. Zu zweit geht alles leichter. Wenn du mir hilfst, finde ich bestimmt, wonach ich ausgeschickt wurde.«

Noch ehe Rosalie es sich anders überlegen konnte, zog Lili den nächsten Trumpf aus der Tasche. »Und du würdest das wirklich tun?«, fragte sie, als könne sie das gar nicht glauben. »Du willst dein wunderschönes Tal verlassen, nur um mir zu helfen?«

»Ja!«, rief Rosalie, die wie jedes Kind nicht widerstehen konnte, wenn man es um Hilfe bat. Es war ein Gesetz der Kindheit, dass es nichts Schöneres gab, als gebraucht zu werden. Jedes Kind ist bereit, alles zu tun, wenn man es um Hilfe bittet. Ja, die meisten der Kleinen brechen bei einem Hilferuf geradezu in Feuereifer aus. Diese Tatsache machte Lili sich zunutze. Nichts hätte Rosalie besser dazu bringen können, ihr Land zu verlassen, als die Einsicht, dass man ihre Hilfe brauchte!

Das versicherte das Mädchen im selben Augenblick und begann sofort die Reise zu planen. »Aber sicher helfe ich dir. Wir sind doch Freunde, nicht wahr?« Sie hielt kurz inne und nahm

Lilis Nicken mit Freude zur Kenntnis. »Freunde müssen sich doch gegenseitig helfen.«

Rosalie zog Lili voller Eifer ins Haus, um ein paar Sachen zusammenzupacken. »Nicht wahr, das machen Freunde doch so?«

»Ja«, bestätigte Lili erleichtert. »So machen Freunde das!«

»Und das Tal verlasse ich ja nur für kurze Zeit, bis wir gefunden haben, was du suchst, und du es zurückgebracht hast. Dann kehrst du zurück auf meinen Hof und wirst eine Weile bei mir Ferien machen ... vielleicht sogar mit deinen Freunden. Was kann es Schöneres geben?«

Lili ließ sie in dem Glauben ... auch wenn das schlechte Gewissen an ihr nagte.

Das Höhlenlabyrinth

Einen ganzen Tag quälten sie sich nun schon über schlüpfrige Pfade, balancierten auf schmalen Graten an steilen Felsabstürzen vorbei und drangen immer tiefer in das Hochland vor. Ihre Knochen waren müde, Knie und Hände aufgeschürft und die Füße von Blasen übersät. Am Abend gesellte sich auch noch der Hunger dazu, denn die Vorräte, die sie in einem kleinen Beutel bei sich trugen, waren fast erschöpft. Wasser fanden sie genug in den kleinen Felsbächen, die ihren Aufstieg gurgelnd begleiteten. Bleiernes Grau senkte sich von den Gipfeln der Bergriesen auf sie herab und pflückte den letzten Hauch des Abendrots vom Himmel. Je mehr das Licht schwand, desto aufdringlicher kroch ihnen die Kälte von den mächtigen Gletschern entgegen. Sie mussten bald einen Unterschlupf finden.

Abrupt endet der Weg und wurde von einer steilen Felswand versperrt. Lili hielt an und sah sich um. Ein atemberaubender Anblick bot sich ihr. Sie erkannte das Tal mit Rosalies Hof, gerade so groß wie der Kopf einer Stecknadel, und dahinter, weit in der Ferne, die graue Masse des Nebels, der den Wirbel der Angst und den toten Fluss verbarg. Um alles schloss sich wie ein eiserner Ring das Felsmassiv, drohend und unüberwindlich. Instinktiv hatte Lili den Weg in die Berge gewählt, denn keinesfalls wollte sie noch einmal den dunklen Fluss überqueren. An ihm hatte sich ihr die Angst mit ihrer ganzen Macht entgegengestellt. Dieser seelenlose Schleim des Grauens, in dem sich nicht einmal mehr die Sterne spiegelten. Sie musste das Geheimnis seiner Seelenlosigkeit lüften. Mit dem Instinkt der Grenzgängerin wusste sie: Wenn sie fand, was dem Wasser seine Lebenskraft stahl, so fand sie auch, was Rosalie verloren hatte. Sie mussten die Quelle finden, und die Quelle des Wassers lag immer im tiefen Stein. Auch deshalb hatte sie die Richtung zu den Bergen eingeschlagen, und sie hielten genau auf den höchsten Riesen zu, dessen Gipfel von Wolken verhangen war. Dorthin zog es Lili mit aller Macht. Dort wartete etwas Magisches, ein verwunschener Ort. Die Intuition der Grenzgängerin würde sie nicht täuschen. Doch Rosalie schwand mehr und mehr der Mut. Sie hatte Angst vor diesem Berg, vor seiner Macht und seiner Stärke. Auch sie spürte, dass dort etwas lauerte, empfand die Gefahr.

Mehr als sie es sah, ahnte Lili, dass dies die letzte Steilwand war, die sie noch überwinden mussten. Von weiter unten hatte sie gesehen, dass über dieser Wand ein großer Gletscher lag, der direkt unter der mächtigen Bergkrone endete. Dort hatte sie im

Zwielicht einen schwarzen Schlund entdeckt, den Eingang zu einer Höhle.

Lili hatte nicht gewusst, wonach sie suchte. Erst beim Anblick des dunklen Lochs hatte sie erkannt, dass dies ihr Ziel war. Sie war sicher: Diese Höhle barg das Geheimnis der Angst, und nur dort würden sie einen Ausgang finden und das Rätsel des seelenlosen Flusses lösen.

In der Felswand hatte sie einen Kamin entdeckt, in dessen Wänden tiefe Kerben waren. Über diese natürliche Leiter konnten sie zum Gletscherfeld emporsteigen. Sie mussten sich beeilen, denn inzwischen hatte heftiger Regen eingesetzt und der Wind pfiff scharf um die Steilwand herum und versuchte, sie zu erwischen.

»Komm weiter, wir müssen dort hinauf«, rief Lili Rosalie zu, die sich im Schutz eines Felsüberhangs niedergesetzt hatte, und zeigte mit dem Arm auf den Felsenstieg. »Wenn wir das geschafft haben, ist es nur noch ein kleines Stück über den Gletscher bis zur Höhle. Dort werden wir Schutz finden ... und mit ein bisschen Glück das, was wir suchen«, versuchte sie der Kleinen Mut zu machen.

»Aber ich will da nicht hoch!«, jammerte Rosalie und strich sich eine nasse Strähne ihres karamellfarbenen Haars hinters Ohr. »Und in die Höhle will ich auch nicht.« Müde stand sie auf, ging zu der Freundin hinüber und zog an ihrer Jacke.

»Lass uns umkehren«, bettelte sie. »Dort haust bestimmt ein böser Drache.«

»Unsinn«, antwortete Lili und legte Bestimmtheit in ihre Stimme. »Es gibt keine Drachen.« Fest umfasste sie Rosalies Hand und wollte sie mit sich ziehen.

»Doch!«, schrie Rosalie angsterfüllt und versuchte, sich loszureißen. »Das Gras hat es mir verraten, die Tiere haben es mir erzählt und die Bäume des Waldes haben es mir zugerufen. In den Bergen haust das Böse.«

Doch Lili hatte nicht vor, sich von Rosalies Widerstand erweichen zu lassen. Sie wusste: Dies war der richtige, der einzige Weg. Wenn die Höhle nicht der Ausgang aus diesem verfluchten Tal war, dann würden sich ihnen nicht so viele Hindernisse in den Weg stellen. Der heftige Regen, der peitschende Wind, das alles waren die Waffen der Angst. Die Angst wollte sie einschüchtern, wollte sie nicht entkommen lassen, wollte Rosalie nicht freigeben. Das wurde ihr in diesem Moment klar, und deshalb kletterte sie wie besessen weiter und zerrte Rosalie gnadenlos hinter sich her. *Ich bin ein Monster*, dachte sie und wusste selbst nicht, woher sie die Kraft nahm, weiterzuklettern. Wie konnte sie diesem kleinen Mädchen nur diese Strapazen zumuten? Sie war auf dem besten Wege, zu einer wütenden Furie zu werden. Die Gabe veränderte sie, doch noch immer war der Zorn die Quelle ihrer Kraft. Für einen kurzen Moment sehnte sie sich nach ihren Freunden. *Wenn sie doch nur hier sein könnten, direkt bei mir ... hier, in Rosalies Welt, so wie ich.* Doch das Auge der Angst war ihnen verwehrt. Vor dem Wirbel, im Niemandsland von Rosalies verwundeter Seele, da waren sie ihr noch so nah gewesen, zumindest einige von ihnen. Sie waren auf ihren Gedankenwesen zu ihr geritten und hatten ihr in der Gestalt der Eule und des Panthers beigestanden. Doch nun war sie ganz auf sich gestellt. Das *Auge der Angst*, Rosalies fantastischer Zufluchtsort, war tabu. So hatte Iloia es ihr gesagt. Hier hatte selbst er keine Macht.

Es war ihr freier Wille gewesen, in den Verstand des Mädchens einzudringen. Niemand hatte sie gezwungen, doch nun gab es kein Zurück mehr, denn wenn sie keinen Ausgang fand, dann würde auch sie für immer im Bewusstsein des Mädchens gefangen sein. Was blieb ihr also übrig, als Rosalie immer weiter schonungslos voranzutreiben? Zeigte Lili Schwäche, waren sie beide für immer verloren. *Verdammt!* Wieder einmal verfluchte sie ihre Gabe, doch sie hatte sich entschieden!

Unter den Flügeln der heranschwebenden Nacht krochen die Mädchen auf allen vieren übers Geröll des Gletschers, immer auf der Hut, nicht in eine der unzähligen Spalten zu stürzen, die sich unvermittelt vor ihnen auftaten und aus denen ihnen das Heulen des Windes entgegenhallte. Manche der Spalten waren so tief, dass man die Steine, die bei ihrer Überwindung in die Tiefe fielen, nicht aufschlagen hörte, und allein der grausige Gedanke, den herabstürzenden Steinen nachzufolgen und in der Tiefe zu zerschellen, gab ihnen die Kraft, sich weiter voranzuschleppen.

Dann endlich schälte sich nur ein paar Meter entfernt der Eingang zur Höhle aus der Dämmerung. Er sah aus wie eine riesige Fratze mit wirrem Haar und aufgerissenem Schlund. Lili erinnerte er an die Gesichter im Wirbel der Angst, doch dieses hier schien noch weitaus bedrohlicher zu starren. In seinen steinernen Augen lag eine Warnung. Es würde jeden, der hindurchging, verschlingen.

Wieder begann Rosalie zu wimmern und krallte sich an Lilis Jacke fest. Doch sie war inzwischen viel zu erschöpft, um noch Widerstand zu leisten.

Die Nacht war fast vollständig hereingebrochen und die Umrisse des Eingangs verschwammen im Dunkel, sodass sie weniger bedrohlich wirkten. Lili entzündete eine kleine Laterne, die sie in Rosalies Schuppen gefunden hatte, und zog das Mädchen die letzten Meter durch die Schatten. Völlig erschöpft, durchnässt und halb erfroren stolperten sie durch den Eingang der Höhle ins Innere des Berges.

Wenigstens waren sie nun dem scharfen, eisigen Wind entkommen, der so unbarmherzig an ihnen gezerrt hatte. Das

Licht der Laterne erhellte eine kleine Grotte, in deren zerklüfteten Wänden eine Vielzahl von Nischen lagen. Sie gingen ein Stück weiter hinein. Umso tiefer sie vordrangen und je weiter sie sich vom Eingang der Höhle entfernten, desto wärmer und trockener wurde es. Lili wies Rosalie an, sich in eine der kleinen Felsennischen zu setzen, die ihr für die Nacht geeignet schien. Sie selbst erkundete müde und schwankend den kleinen Raum, bis ein Luftzug das Licht der Laterne flackern ließ. In der Rückwand der Grotte entdeckte sie einen schmalen Gang, fast nur ein Spalt im Fels. Vorsichtig hielt sie das Licht ein Stück hinein und erkannte, dass der Gang in einen weiteren mündete, der sich wiederum verzweigte und in verschiedene Richtungen zu führen schien. Offenbar schloss sich hier ein wahres Labyrinth von Gängen an. Doch das würden sie morgen erkunden. Für heute war es genug.

Sie ging zurück zu Rosalie. Die kleine Nische bot ihnen ausreichend Raum und Schutz für die Nacht, und zur Not konnten sie schnell nach draußen fliehen. Völlig erschöpft gruben sie sich in ihre Jacken und kuschelten sich eng aneinander. Auf dem nackten Stein schliefen sie fast augenblicklich ein.

Als sie am nächsten Morgen erwachten, waren ihre Kleider trocken, doch ihre Knochen schmerzten immer noch. Sie teilten sich das letzte Stückchen Brot und einen Apfel. Als Lili die kleine Flasche aus dem Rucksack zog, sah sie, dass nur noch ein winziger Schluck übrig war. Ohne zu überlegen reichte sie ihn Rosalie. Sie konnte nur hoffen, dass sie die Quelle des Flusses bald fanden. Die sonst so fröhliche Rosalie war ungewohnt still und sah blass aus. Ihre strahlend blauen Augen wirkten in dem schmalen, erschöpften Gesicht wie riesige Saphire. Lili barst fast das Herz. Wie viel Zeit hatten sie noch? Sicher, die Zeit verrann nicht in jeder Dimension gleich, das wusste sie aus Raoul Zachowskis Buch. Inständig hoffte sie, dass sie in Rosalies Welt schneller verging als in der Realität ...

Doch die Ruhe hielt nicht lange an. Als sie den Spalt in der hinteren Felswand passierten und das Ausmaß des düsteren Labyrinthes sich vor ihnen erstreckte, weigerte sich Rosalie erneut, weiterzugehen.

»Lass uns einen anderen Weg suchen. *Es* wird uns sicher töten.«

»*Es*? Was meinst du mit Es?«

»Na, das Böse, der Drache. Was soll es denn sonst sein, wenn es kein Drache ist? Nur Drachen hausen in Höhlen. Lass uns abhauen. Ich will da nicht rein.« Rosalie zerrte an ihrer Hand und bekam vor Aufregung rote Flecken im Gesicht. Lili konnte sie kaum noch in Zaum halten. Schnell umfasste sie Rosalies Handgelenk noch fester. Doch das Mädchen zappelte jetzt wie ein Fisch im Netz. Lange würde sie sie nicht mehr halten können.

»Rosalie! Ro-sa-lie ... beruhige dich, hör mir zu.« Schnell fing Lili auch noch das andere Handgelenk und beugte sich ein Stück hinunter, sodass sie Rosalie in die aufgerissenen Augen sah. Mit Schrecken erkannte sie, dass das Mädchen inzwischen noch jünger geworden war. Sie versuchte, ein Kind von fünf, höchstens sechs Jahren zu bändigen, das ihr seinen ganzen Trotz entgegenstemmte und kurz davor war, ihr gegen das Schienbein zu treten. Instinktiv kniete sie sich hin und zog Rosalie mit aller Entschlossenheit zu sich heran.

»Ich kann jetzt nicht umkehren«, sagte sie beschwörend. »Bitte, ich verstehe, dass dieser Berg dir Angst macht. Mir geht es nicht anders, aber ich muss weiter. Was meinen Freunden gestohlen wurde, ist äußerst kostbar, und wenn ich es nicht rechtzeitig zurückbringe, wird es für immer verloren sein und viele Menschen sehr traurig und verzweifelt zurücklassen.«

Rosalies Pupillen entspannten sich ein wenig und schrumpften auf ihre normale Größe zusammen, doch noch war ihr Widerstand nicht gebrochen. »Warum tust du immer so geheimnisvoll? Warum kannst du nicht einfach sagen, was du suchst? Vertraust du mir nicht?«, klagte sie Lili trotzig an. »Wenn du wirklich meine Freundin bist, dann sag mir endlich, wonach wir suchen.« Trotzig stampfte sie mit dem Fuß auf den Boden.

Lili seufzte. Sie saß eindeutig in der Klemme. Unmöglich konnte sie dem Mädchen sagen, dass sie nach ihr, nach ihren Erinnerungen suchte, dann würde ihr Plan unwiderruflich scheitern. Denn Rosalie wollte nur eines: vergessen, was in jener furchtbaren Nacht geschehen war, in der sie sich vom Wirbel der Angst hatte davontragen lassen und in ihr Tal geflüchtet hatte. Aber durfte Lili sie anlügen? Zögernd biss sie sich auf die Unterlippe. Zum x-ten Male überkamen sie Zweifel. Durfte sie das Mädchen wirklich gegen ihren Willen dem Schutz der Fantasie entreißen? *Durfte* sie es, nur weil sie es als Grenzgängerin *konnte*? Sie konnte den Blick nicht von Rosalies Augen lösen. Augen, die unmissverständlich eine Antwort forderten. *Sie ist doch noch ein Kind ...* Wieder seufzte sie tief. Was sollte sie nur tun? Was gäbe sie nur darum, sich jetzt mit ihren Freunden beraten zu können.

★ ★ ★

Wie auf ein Stichwort schlug Ariane weit entfernt mit der Faust auf den Tisch und fluchte: »Herrgott, Lili! Genau das ist ja der Grund. Sie ist ein Kind! Sie kann das noch nicht selbst entscheiden. Nun stell dich doch nicht blöder, als du bist. Denk dir was aus? Du bist doch sonst nicht auf den Kopf gefallen.

Mach schon, wirf ihr einen Köder hin. Wir haben keine Zeit mehr. Eine kleine Notlüge wird dich schon nicht umbringen. Mach deinen Job!«

Leonore räusperte sich in ihrem Nacken, doch Ariane hatte nicht vor, darauf einzugehen.

»Stimmt doch«, antwortete sie stinksauer, ohne sich umzudrehen. »Wenn sie jetzt ihren Moralischen kriegt, sehen wir *beide* nie wieder.«

Da niemand widersprach, schlug sie noch einmal mit der Hand auf den Tisch. »Dann ist es entschieden«, sagte sie bestimmt. Cornelius, der nur auf ihr Zeichen wartete, zuckte zusammen und sah sie fragend an.

»Schreib«, befahl Ariane. »Schreib, sie soll gefälligst das Maul aufmachen.«

Cornelius sah sie für eine Sekunde entsetzt an, dann flogen seine Finger über die Tastatur.

SAG WAS, LILI! VERDAMMT, SAG IR-GEND-WAS!

★ ★ ★

Plötzlich erbebte der Berg, als hätte ein Riese mit der Faust darauf geschlagen. Lili fuhr zusammen. Für einen Moment schien die Zeit stillzustehen. Sie horchte in sich hinein. Hatte da jemand zu ihr gesprochen? Oder war das nur das Grollen des Berges gewesen?

Ein schmerzhafter Ruck an ihrem Arm holte ihre Aufmerksamkeit zurück.

»Sag es«, verlangte Rosalie und schaute sie feurig an. »Sag es, oder ich geh nicht weiter.« Aus ihren Augen sprühte wilde Entschlossenheit.

Wieder erscholl ein lautes Krachen und das Echo hallte polternd in ihr nach, als schüttele sie jemand an den Schultern. Es schien ihr fast, als verlöre der Berg höchstpersönlich die Geduld. Sie schauderte. »Also schön, ist ja gut … ich werde es dir sagen.«

Plötzlich war alles still, und auch Rosalie entspannte sich zusehends und blickte sie neugierig an.

»Juwelen«, presste Lili zwischen den Lippen hervor. Ein passenderes Bild für Rosalies Erinnerungen war ihr in der Eile nicht eingefallen.

Rosalies Augen wurden rund und groß. »Juwelen?«

»Ja.« Langsam gewann Lili ihre Sicherheit zurück und auf einmal fiel ihr das Flunkern leicht. Beschwörend fuhr sie fort. »Juwelen. Sehr kostbare Juwelen. Sehr, sehr kostbar. Und selten. Wenn ich sie nicht zurückbringe, müssen unschuldige Menschen sterben.«

Rosalie sah sie immer noch verwundert an. »Wer?«

»Meine Freunde«, log Lili weiter.

»Deine Freunde? Warum sie?«

»Sie wurden hereingelegt und unschuldig bezichtigt, die Juwelen gestohlen zu haben. Wenn ich sie nicht entlasten kann, werden sie in drei Tagen auf dem Festplatz gehängt.«

★ ★ ★

Weit entfernt im Krankenzimmer des katholischen Pflegeheims, wo Lili und Rosalie immer noch leblos auf ihren Betten lagen, blieb ihren Freunden vor Erstaunen der Mund offen stehen.

»Was?«, entfuhr es Ariane fassungslos.

Doch Esther kicherte und ihr Gesicht nahm den Ausdruck einer Katze an. »Sie hatte schon immer einen Hang zu Übertreibungen«, schmunzelte sie versonnen.

Doch als sie Leonores Blick sah, blieb ihr das Glucksen im Halse stecken. Beruhigend legte sie ihr die Hand auf den Arm.

»Lass sie nur«, flüsterte sie. »Kinder lieben Märchen. Ihr Instinkt leitet sie ganz richtig.«

★ ★ ★

Und tatsächlich: »Gehängt?«, fragte Rosalie. »Das ist ja schrecklich.«

»Ja«, beteuerte Lili und kam jetzt richtig in Fahrt. »Und deshalb brauche ich deine Hilfe. Der Dieb, der den Schatz tatsächlich gestohlen hat, ist sehr gefährlich. Es ist nur logisch, dass er ihn an einem furchtbaren Ort wie diesem hier versteckt hat, findest du nicht?« Sie ließ Rosalie los und stand auf. »Er will, dass wir uns fürchten und aufgeben, verstehst du? Wenn wir jetzt umdrehen, hat er gewonnen und meine Freunde müssen sterben. Das würde ich mir nie verzeihen.«

Rosalie begann, ihre Finger zu kneten. In ihr arbeitete es so heftig, dass ihre Regungen wie Schatten über ihre Züge huschten. Lili hielt den Atem an …

»Da können sie aber sehr stolz sein«, flüsterte Rosalie leise.

Lili kräuselte die Stirn. »Stolz?«

»Ja, dass sie so eine Freundin wie dich haben, die sich so für sie einsetzt und so viel riskiert.« Fast schien es, als schäme sie sich ein wenig.

Lili stieß die Luft aus.

»Ich wünschte, ich hätte auch so eine Freundin«, hauchte das Mädchen weiter. »Dann wäre ich nicht so alleine.«

Lili schluckte und nahm ihre Hand in ihre. »Aber die hast du doch schon«, flüsterte sie weich. »Ich bin auch *deine* Freundin. Und wenn wir das alles überstanden haben, dann wirst du nie wieder alleine sein. Und meine Freunde werden dich ebenso mögen wie ich.«

Rosalie erröte und trippelte auf einmal eifrig von einem Fuß auf den anderen. »Meinst du wirklich?«

»Aber sicher. Sie werden dich lieben.«

Rosalies Wangen nahmen einen rosigen Ton an. »Also gut«, freute sie sich, und strahlte sie wieder. »Dann werde ich dich begleiten. Und wenn wir die Juwelen gefunden haben und deine Freunde wieder frei sind, dann kommt ihr mich alle besuchen, so oft ihr könnt, ja?«

Lili spürte einen Anflug von Gewissensbissen. »Versprochen.«

★ ★ ★

»Na bitte, geht doch, Schwester«, rief Ariane und klatschte mit Cornelius ab. Alle in Rosalies Krankenzimmer atmeten auf. Esther ging zurück zu den Betten und tupfte ihrer Enkelin mit einem warmen Waschlappen den Schweiß von der Stirn. »Gut gemacht, Schatz«, flüsterte sie sanft in Lilis Ohr. »Du wirst es schaffen, Kind.« Dann tat sie das Gleiche für Rosalie, während Nut, der am Bettende auf Rosalies Decke gewacht hatte, aufsprang und sie aufmerksam beobachtete. Sie drehte sich um und kraulte das Tier aufmunternd zwischen den Ohren. »Sie werden es beide schaffen, mein Guter. Wart's nur ab.«

Als hätte er sie verstanden, schüttelte sich der Husky, drehte sich einmal um sich selbst und legte sich zurück in seine Mulde zu Rosalies Füßen.

Einzig Leonore sah verstohlen und besorgt auf ihre Uhr, während Professor Leuchtegrund schon wieder vor dem Fenster unruhig hin und her schritt und mit der Hand am Kinn seinen Gedanken nachhing. Louisa verbrachte die meiste Zeit in einer kleinen Kapelle am Ende des Ganges und betete einen Rosenkranz nach dem anderen. Sie betrat das Zimmer ihres Schützlings nur, um ihnen Essen zu bringen oder um die kleinen Beutel zu wechseln, die Lili und Rosalie mit Flüssigkeit versorgten. Sie konnte immer noch nicht glauben, auf was sie sich da eingelassen hatte, auch wenn sie nach wie vor das Gefühl hatte, dass sie richtig handelte. Doch war auf Gefühle Verlass?

★ ★ ★

Nach dem sich die kleineren Gänge schon bei den ersten Schritten als Sackgassen herausgestellt hatten, nahmen Lili und Rosalie den breiteren Mittelgang und gelangten bald darauf in einen hohen Felsendom, der von herrlichen Steinformationen aller Arten und Größen durchwachsen war, die den Boden mit der gewölbeartigen Decke verbanden. Obwohl ihr Magen vor Hunger knurrte, waren sie von der bizarren Schönheit der Grotte überwältigt. Nachdem sie sich eine Weile von der verwunschenen Fremdheit der Felsen hatten verzaubern lassen, durchquerten sie den Raum und folgten einem schmal absteigenden Pfad weiter ins Innere des Berges, auch wenn sie wussten, dass er sie eher tiefer hinein als aus dem Berg heraus führen würde. Nach einer Weile, deren Länge sie nicht einzuschätzen wussten, hörten sie aus der Ferne ein leises Plätschern. In einem der finsteren Felskorridore, die aus allen Richtungen in den Pfad mündeten, musste ein Bachlauf sein.

Fröstelnd stolperten sie weiter, angestrengt lauschend, immer dem Geräusch des Wassers entgegen. Als sie an einer der zahllosen Kreuzungen um die nächste Windung bogen, sahen sie am Ende des Pfads einen zarten blauen Schimmer. Das Plätschern wurde lauter. Lili legte den Finger auf die Lippen, denn das Leuchten kam nicht von ihrer Lampe. Leise schlichen sie weiter. Das Flackern wurde immer heller, als würden Schwärme von Irrlichtern über die Felsen huschen. Und genau so war es auch: Millionen von Glühwürmchen hatten hier ihre Nester gebaut und verwandelten die Decke in ein schillerndes Sternenzelt. Staunend stahlen sie sich darunter hindurch, bis sie unvermittelt in einer Grotte aus schwarzem Stein standen, der an manchen Stellen von farbigen Kristallen durchbrochen wurde. Während die Kristalle das Licht der Laterne aufnahmen und schwach zurückwarfen, wurde es vom schwarzen Gestein verschluckt, wodurch ein seltsam buntes Zwielicht entstand. Einen kurzen Augenblick brauchten ihre Augen, um sich an das bunte, unstete Licht zu gewöhnen, doch dann sahen sie sie: die Quelle!

Klar und rein rann das Wasser aus dem Mund einer steinernen Fratze, die ein Ebenbild des Höhleneingangs zu sein schien und kunstvoll aus der schwarzen Wand herausgearbeitet worden war. Beim ihrem Anblick zog es Lili das Herz in der Brust zusammen. Jetzt erkannte sie, dass es sich bei dem Gestein um Turmalin handelte. Sie kannte diesen Stein von ihrer Großmutter. Dieser Edelstein trat in allen Farben des Regenbogens auf, doch der reine Turmalin war schwarz wie die Nacht.

Die Quelle, die sie gesucht hatten, befand sich rechts von ihnen, einen halben Meter über dem Boden. Das kristallklare Wasser, das ihr entsprang, schien aus tausend glitzernden Sternentröpfchen zu bestehen. Sie vereinten sich zu einem Rinnsal, das in ein Bett aus Turmalin fiel, in dem es pulsierend weiterfloss. Dann verschwand es in einem gewölbten Tunnel in der gegenüberliegenden Wand.

Das Wasser der Quelle unterschied sich vom Wasser des seelenlosen Flusses wie der Tag von der Nacht. Strahlende Lichtblitze tanzten auf seiner Oberfläche und spiegelten geheimnisvolle Bilder wider. Es war ein geradezu magischer Anblick, der die Mädchen in Entzücken versetzte. In Sekundenschnelle entstanden auf dem schwarzen Wasser herrliche Bilder und Szenen, und ebenso schnell vergingen sie auch wieder. Manche Gestalten oder Szenen waren so bewegt, dass sie die Wasseroberfläche dehnten, sich geradezu aus ihr herauswölbten, als wollten sie lebendig werden, Gestalt annehmen und dem Wasser entsteigen. Das zarte Rinnsal sah aus wie der schillernde Rücken einer Schlange, die sich elegant durch die Grotte schlängelte.

Fasziniert blieben Rosalie und Lili stehen und beobachteten das Schauspiel eine Weile.

Dies war der Fluss der Erinnerungen, der Fluss der Zeit und des Lebens. Der Quell des Menschseins. Lili atmete tief ein. Sie waren fast am Ziel.

»Was sind das für Steine?«

»Das ist Turmalin. Ein Edelstein, der in allen Farben des Regenbogens auftreten kann«, antwortete Lili und fügte in Gedanken hinzu: *Und der sehr starke Kräfte besitzt!*

»Kommen daher die seltsamen Bilder im Wasser?«

»Vermutlich.«

»Es sieht wunderhübsch aus.«

»Wir sollten dem Bachlauf folgen. Wasser findet immer einen Ausgang«, flüsterte Lili gedankenverloren und fragte sich, insgeheim, wie zum Teufel sie ausgerechnet Rosalies Erinnerungen aus diesem Wasser herausfiltern sollte.

Offensichtlich befanden sie sich hier nicht mehr allein in Rosalies Fantasie. Die Bergkette begrenzte das Tal, über dem der Wirbel der Angst lag, genauso wie der Fluss. Da sie sich jetzt im Berg befanden, schienen sie sich wieder in einer Art Grenzland zu befinden. Anders konnte Lili sich nicht erklären, dass sie hier im Fluss des Lebens auch Erinnerungen anderer Menschen, womöglich aller Menschen sahen, und nicht nur die des Mädchens. Dass sie das Grenzland betreten konnten, ohne noch einmal von den Angstfratzen behelligt zu werden, machte ihr Sorge. Wenn die Angst sie einfach so passieren ließ, musste sie sich ihrer sehr sicher sein. Sicher, dass sie nicht entkommen konnten. Ein riesiger Kloß bildete sich in Lilis Magengegend: die Gewissheit, dass ihnen das Schlimmste noch bevorstand.

»Meinst du, er führt uns zu einer weiteren Höhle, in der noch mehr Edelsteine sind? Vielleicht sogar die Juwelen, die wir suchen?«, fragte Rosalie, während sie am Bachlauf hin und her hüpfte, um noch mehr der bunten Bilder zu bestaunen.

»Sicher«, antwortete Lili. Sie ahnte, nicht weit von hier, wahrscheinlich hinter dem Tunnel, musste die Ursache des Übels liegen, das den Fluss außerhalb des Berges seiner Seele beraubte. Dort würde sich Rosalies Schicksal entscheiden.

Lili trat an den Tunnel heran und beugte sich hinab, um ihn zu inspizieren. Er war hoch genug, dass sie geduckt darin laufen konnten, und am Rand des Baches war noch ein wenig Platz, um dem Wasser trockenen Fußes zu folgen. Vorsichtig kroch sie ein Stück voran und erkannte, dass der Bach von weiteren Zuläufen genährt wurde, die aus zahlreichen anderen Tunneln heranströmten und ihn schnell zu einem Fluss anschwellen ließen. Es würde nicht lange dauern, bis sie nasse Füße bekämen. Besorgt kroch sie zurück zum Eingang und winkte Rosalie, ihr zu folgen.

»Was hast du vor?«, flüsterte die. »Du willst doch nicht durch den Tunnel kriechen? Wer weiß, wohin der führt?«

Lili reichte ihr mit ernster Miene die Hand und zog sie sachte zu sich herunter. »Wo auch immer er hinführt«, sagte sie bestimmt und sah Rosalie fest in die Augen, »dort werden wir finden, was wir suchen, da bin ich mir ganz sicher.«

Rosalie sah sie ungläubig an, widersprach aber nicht. Dann bückten sie sich und verschwanden Hand in Hand im kalten Korridor.

Die Stunde der Wahrheit

Wie Lili befürchtet hatte, ging ihnen das eisige Wasser schon bald bis zu den Knien und ihre Beine waren von der Kälte wie abgestorben. Bei Rosalie reichte es sogar noch höher, da das Mädchen einen guten Kopf kleiner war als sie selbst. Tapfer kämpften sie sich voran. Einmal hätte Lili fast ihre Laterne verloren, als sie ausgerutscht war. Wie betäubt zog sie das Mädchen hinter sich her, bis der Tunnel in eine weitere Grotte mündete, in der sie erst einmal aus dem Wasser kletterten und erschöpft niedersanken.

In diesem Moment erlosch die Lampe. Das Petroleum war aufgebraucht.

Lili zog eine kleine Fackel und Streichhölzer aus dem Rucksack. Doch alles war durchnässt, und sie musste sich eine ganze Weile bemühen, bis die Fackel endlich spärlich brannte und dabei stinkenden Qualm verbreitete. Ihr Schein reichte nicht weit, doch auch hier verströmten die Würmchen ihr glühendes Licht.

Die Wände dieser Grotte waren mit weißen Kristallen übersät, in denen sich das Schillern des Wassers vervielfältigte.

Das Flussbett erweiterte sich in der Mitte der Höhle zu einem kleinen See, bevor es erneut in einem Tunnel verschwand. Im See kam das Wasser zur Ruhe und die Bilder konnten sich wie Seifenblasen aus den Fluten lösen, aufsteigen und flimmernde Szenen in die vibrierende Luft zaubern. Bilder von Ereignissen, die irgendein Mensch irgendwo auf der Welt erlebt hatte. Es war eine fantastische Szenerie von magischer Schönheit. Als stünden sie inmitten eines holografischen Theaters, in einem Zaubergarten der Menschlichkeit, der in Lili ein tiefes Gefühl des Glücks erzeugte.

Einen Augenblick schloss sie die Augen und ließ sich hinwegtragen, zurück zu ihren Freunden. Ließ ihren Blick zurück ins Krankenzimmer schweben, erinnerte sich an den Moment, bevor sie aufgebrochen war … flog über die besorgten Gesichter von Ariane, Esther und Louisa, über den aufgeregten Cornelius und den beunruhigten Professor, und auch an Bellinda zog sie liebevoll vorüber. Näherte sich dem Bett auf dem Rosalie lag und streichelte kurz über den Kopf von Nut, Rosalies treuen Gefährten … erinnerte sich …

»NEIN!«

Dass war der Moment, in dem Rosalie aufschrie, mit solchem Schmerz und Entsetzen, dass die Wände der Höhle erzitterten.

Dem kleinen Mädchen war es nicht anders ergangen. Staunend hatte es die bunten Szenen um sich herum betrachtet, hatte sich hinreißen lassen von der fremden Welt, den fremden Menschen, als plötzlich ein Husky wie aus dem Nichts über ihrem Kopf erschien war und ihr seltsam vertraut vorkam. Ihr Blick gefror. Das Tier schien mit seinen wunderschönen Augen etwas anzusehen, das es liebte und dem es treu ergeben war. Als sie seinem Blick folgte, erblickte sie ein Mädchen: ausgestreckt auf einem Bett, blass und krank. Erneut entwich ein Schrei ihrer Kehle, als sie schaudernd erkannte, dass sie selbst es war, die dort lag …

Rosalies Schrei riss Lili aus ihren Erinnerungen zurück. Als sie zu ihr sah, erhaschte auch sie noch einen kurzen Blick auf das Luftbild von Nut, das sie selbst heraufbeschworen hatte. Ihre Erinnerungen hatten also ebenfalls den Fluss genährt. Natürlich! Sie hätte damit rechnen müssen. Was da neben ihnen vorbeiströmte, war schließlich nicht irgendein Fluss. Es war das Gedächtnis der Menschheit, die bewegte unendliche Zeit. Die Unvergänglichkeit!

Verdammt, dachte sie. Schnell steckte sie die flackernde Fackel in eine Spalte in der Felswand und sprang zu dem zitternden Kind.

»Rosalie! Rosalie!« Lili zog ihr die Hände von den Augen und rief: »Sieh mich an, Rosalie. Sieh mich an! Hab keine Angst. Keine Angst!«

Doch das Mädchen stieß sie weg. »Du Hexe! Wer bist du und weshalb hast du mich hierhergelockt?«

»Nein, Rosalie, nein!«, sagte Lili erneut und versuchte das Mädchen zu fassen.

Rosalie aber wehrte sich heftig. »Was sind das für Bilder? Geh weg ... geh weg!«

»Nicht, Rosalie! Beruhige dich ...« Beherzt packte Lili die Arme des Mädchens noch stärker und zwang sie zur Ruhe. Schmerzhaft traf Rosalies Fuß ihr Schienbein.

»Bitte«, flehte sie, »du musst mir zuhören. Ja, es ist wahr. Ich war nicht ganz ehrlich zu dir. Aber es ging nicht anders, denn sonst wärst du mir nicht gefolgt und womöglich für immer verloren gewesen.« Als Rosalie aufhörte, um sich zu treten, lockerte Lili ihren Griff. »Glaub mir, ich hab das nur für dich getan ... für dich und die Menschen, die dich lieben. Ich will dir gewiss nichts Böses!«

Rosalie wurde zusehends ruhiger. Vorsichtig gab Lili sie frei. Enttäuscht über den Betrug ihrer einzigen Freundin und doch neugierig, sah das Mädchen sie an. Dann drehte es ihr abrupt den Rücken zu.

Lili ließ sie stehen. Sie wollte ihr Zeit geben, das Vertrauen zurückzugewinnen. Wenn sie Glück hatte, würde die wachsende Neugier der Kleinen für sie arbeiten.

Erschöpft hockte sie sich unter der Fackel an die Felswand und wartete.

Es dauerte nicht lange, da kam Rosalie und setzte sich, von Kälte getrieben, neben sie. Eine Weile schwiegen sie, während Rosalie Stück für Stück näher rückte und sich schließlich an Lili ankuschelte. Sanft legte ihr Lili den Arm über die Schultern, zog sie an sich und wärmte sie, so gut es eben ging.

Irgendwann fragte Rosalie, ohne den Blick zu heben: »Es gibt gar keine Juwelen, nicht wahr? Ich bin es, die du gesucht hast.«

Lili bewunderte ihren scharfen Verstand und nickte.

»Warum?«

»Weil ich dich retten möchte.«

»Retten? Wovor? Es geht mir doch gut im Tal.«

»Es ist nicht deine Heimat. Wenn du hier bleibst, wirst du sterben.« Lili nahm Rosalie an den Schultern und zwang das Mädchen so, sie anzusehen. »Dieser Hund, den du gesehen hast. Wieso, glaubst du, hat er dich so erschreckt?«

Rosalie zuckte mit den Schultern, konnte aber nicht verbergen, wie unangenehm ihr diese Frage war. »Keine Ahnung. Als ich ihn sah, hab ich einen schrecklichen Schmerz in der Brust gefühlt.«

»Und das Mädchen auf dem Bett? Was glaubst du, wer das war?«

»Ich weiß es nicht«, wich Rosalie aus. »Irgendeine Kranke eben!«

»Lüg mich nicht an«, sagte Lili streng. »Du weißt genau, wer das war. Wenn du es nicht erkannt hättest, wärst du nicht so in Panik geraten.«

»Es war nur ein Bild, ein dummes Bild!«, heulte Rosalie auf und riss sich wieder los. »Und überhaupt, ich habe genug von deinem geheimnisvollen Getue. Ich werde jetzt nach Hause gehen!«, schrie sie trotzig, sprang auf und drehte sich weg – jedoch nicht, ohne aus dem Augenwinkel Lilis Reaktion zu beobachten. Inzwischen durfte sie höchstens vier Jahre alt sein. Das erklärte auch ihr zunehmend trotziges Verhalten.

Lili verstand und lächelte in sich hinein. *Also schön*, dachte sie amüsiert und verzweifelt zugleich und kam sich vor wie Rosalies Mutter. *Ich werde mitspielen.* Mit Trotz kannte sie sich aus.

Sie erhob sich ebenfalls. »Nach Hause? Ach ja?«, blaffte sie zynisch. »Wo soll das denn sein?«

»Unten im Tal.«

»Das Tal ist nicht dein Zuhause. Wenn du dorthin zurückgehst, wanderst du direkt zurück in die Fesseln der Angst und der Einsamkeit … und beides wird dich töten.«

Erschrocken hielt Rosalie inne. »Woher willst du das wissen?«
Doch ihre Stimme spiegelte das Grauen wider, das sie bei Lilis
Worten empfand.

Lili ließ sich diese Chance nicht entgehen. »Hast du dich nie
gefragt, warum dir das Tal nicht alles erfüllt, was du dir
wünschst? Warum gerade die Wünsche nicht in Erfüllung gehen,
an denen dir am meisten liegt?«

Rosalie wurde nachdenklich. In ihren Augen konnte Lili
sehen, dass ihre Rede auf fruchtbaren Boden fiel, und so sprach
sie sanft, aber eindringlich weiter. »Weil du nichts erschaffen
kannst, was existiert. Was wirklich ist, das kannst du nicht
herbeiwünschen, weil das Wirkliche nur in der Wirklichkeit
existieren kann, und das Tal ...« Sie machte eine kleine Pause, um
ihre Worte mit noch mehr Bedeutung zu füllen. »Das Tal ist nur
eine Täuschung, die du selbst erschaffen hast. Es ist der Ort, an
den du vor der Angst geflüchtet bist.«

Wieder legte Lili eine bedeutungsschwere Pause ein, bevor sie
fortfuhr: »Du hast Angst vor der Wirklichkeit. Und der Preis,
den du dafür bezahlst, ist die Einsamkeit, der Verlust deiner
Erinnerungen und der Verrat an den Menschen und Geschöpfen,
die in der Wirklichkeit auf dich warten.«

»Verrat? Wieso Verrat?«

»Weil die Leugnung der Wahrheit dich nicht nur von dir
selbst entfernt. Wenn du die Wahrheit ablehnst, entrinnst du

nicht nur denen, vor denen du dich fürchtest, du lässt auch die allein zurück, die dich lieben und brauchen.«

Das Mädchen fing still an zu weinen. Lilis Rede brachte die Mauer in ihrem Innern immer mehr zum Einsturz.

Zärtlich nahm Lili Rosalie in den Arm. »Komm mit mir zurück«, bat sie leise. »Du bist dort noch nicht fertig.«

»Wird dort auch eine Mutter auf mich warten?«, kam es kläglich von Lilis durchnässter Schulter.

Vorsichtig löste sie sich wieder von dem weinenden Kind. Jetzt kam es drauf an, das Richtige zu sagen.

»Ja«, sagte sie traurig. »In gewisser Weise schon.«

»Was heißt in gewisser Weise?«

»Wenn du dich deinen Erinnerungen stellst und nicht mehr davonrennst, wird sie da sein.«

»Und wo finden wir meine Erinnerungen?«

»Jetzt, wo du bereit bist«, sagte Lili, »kann es nicht mehr weit sein. Am besten brechen wir gleich auf.«

»Können wir nicht noch ein Weilchen hier bleiben?«, bat Rosalie. »Ich bin so schrecklich müde.«

»Nein, ich glaube nicht. Ich weiß ehrlich gesagt nicht genau, wie viel Zeit wir noch haben.«

»Zeit? Zeit, bis was geschieht?«

Lili zuckte die Schultern. »Wenn wir deine Erinnerungen nicht rechtzeitig finden ...« Sie beendete den Satz nicht. »Bitte vertrau mir«, sagte sie stockend. »Ich spüre nur, dass wir uns beeilen müssen, wenn wir dich noch retten wollen, sonst bist du für immer hier gefangen ... *und ich auch.* Möchtest du das wirklich?«

Rosalie dachte kurz nach, dann schüttelte sie den Kopf. »Nein«, sagte sie. »Nein, ich glaube nicht.« Und dann stieg sie mit Lili zurück in den Fluss. Ihre Neugier auf das, was in der Wirklichkeit auf sie wartete, hatte gesiegt.

Die Grotte der Angstgnome

Noch einmal folgten sie eine kurze Weile dem stetig anschwellenden Fluss. Inzwischen reichte Rosalie das Waser fast bis zur Hüfte. Doch der Tunnel wurde nun auch breiter und bald gab es wieder einen schmalen Uferstreifen, sodass sie neben dem Wasser weiterwandern konnten. Weit konnte es nicht mehr sein. Der Raum schien sich immer mehr zu weiten. Ihr Gefühl hatte Lili nicht getäuscht.

Dann hatten sie es geschafft. Licht glomm ihnen entgegen. Und nun konnten sie auch erkennen, woher es kam, denn plötzlich endete die Tunnelwölbung und sie standen in einer riesigen Grotte. Hier ergoss sich der Fluss in einen gewaltigen See, der in einer noch gewaltigeren Höhle lag, die von einer Vielzahl qualmender Fackeln erleuchtet wurde. Vorsichtig krochen die Mädchen aus dem Dunkel heraus.

In der Mitte des monumentalen Felsendoms wurde das Wasser durch einen gewaltigen Damm gestaut, in den zwei hölzerne Tore in Form riesiger Augen eingelassen waren, die mit düsterem Blick über den See zu wachen schienen. Vermutlich dienten sie als Notschleusen bei allzu hohem Wasserspiegel.

Zum Ufer hin mündete die Konstruktion in hohen Mauern, die auf jeder Seite von einer kleinen hölzernen Pforte durchbrochen waren. Winzig klein, als wäre sie für Zwerge gemacht. Von jenseits des Damms drangen der Lärm geschäftigen Treibens und der Gestank von Unrat zu ihnen herüber. Die Mauer war mit fauligem Moos bewachsen und aus den nassen Fugen quoll hellroter Schimmel hervor. Es war unfassbar eklig.

Um nicht entdeckt zu werden, krochen Lili und Rosalie auf allen vieren an den Damm heran, wobei die kantigen Uferfelsen ihnen immer wieder Schutz boten. Als sie an der kleinen Pforte angekommen waren, hielten sie inne. Hier war die Mauer so niedrig, dass die beiden Mädchen einen vorsichtigen Blick hinüber wagen konnten.

In einer weitläufigen Höhlenlandschaft arbeiteten viele graue Wesen. Sie waren von gedrungener Gestalt und reichten Lili vielleicht gerade bis zum Kinn. Ihre Körper waren mit grauem Fell bedeckt. Nur ihre schrumpeligen Gesichter und ihre dürren Arme und Beine waren nackt. Ihre Zotteln sahen aus, als würde es darin von Ungeziefer nur so wimmeln. Sie hatten spitze Ohren und einen nackten Schwanz, der fast bis auf den Boden reichte. Ihr Anblick erinnerte Lili entfernt an eine Horde Wildschweine, die Esther und sie einmal im Wald entdeckt hatten.

Die widerlichen Gnome hatten den Fluss gestaut und in der weitläufigen Höhle hinter dem Hauptdamm mehrere kleine Schleusen errichtet. So leiteten sie das Wasser in eine Vielzahl winziger Felswannen, die wie Karpfenteiche im Boden lagen. Aus diesen Teichen angelten die hässlichen Wesen mit kleinen Netzen nach den Bildern mit den Erinnerungen der Menschen und beraubten den Fluss des Lebens so seiner Kraft. Wenn ihnen der Fang gelang, freuten sie sich diebisch und füllten ihre Beute schnell in bauchige Flaschen, die sie sorgsam mit Korken verschlossen und sauber aufgereiht in Felsennischen horteten, die wie Waben in die Wände eingelassen waren. Dort, wo sie reiche Beute machten, blieb das Wasser stumpf und schwarz zurück.

Nun wusste Lili, mit wem sie es zu tun hatte. Auch diese Wesen waren Diener der Angst, Brüder der hässlichen Fratzen, die sich im Wirbel verbargen. Irgendwo in diesen Nischen, in einer der unzähligen gläsernen Phiolen, mussten sich auch Rosalies Erinnerungen befinden. Noch einmal wagte sie sich vor und beobachte die Szenerie genauer.

Dabei erkannte sie verwundert, dass nicht alle Erinnerungen den Gnomen ins Netz gingen. Viele Bilder entwischten den gierigen Unholden und schwebten als schimmernde Seifenblasen davon, bis sie weit oben durch hoch aufsteigende Schlote im Innern des Felsens verschwanden. Wenn das geschah, kreischten die Angstgnome wütend auf und schlugen den davonfliegenden Blasen mit ihren Netzen enttäuscht hinterher. Auf irgendeinem Weg mussten sie zurück zu ihren Besitzern finden, überlegte Lili. Doch um herauszufinden, wie das vonstatten ging, war ihre Zeit zu knapp. Eines begriff sie jedoch sofort: Der tote Fluss draußen vor dem Tal gehörte allein Rosalie. Genauso viele Zuflüsse, wie den Fluss der Erinnerungen vor dem Damm im Höhlenlabyrinth angereichert hatten, genauso viele mussten auch wieder aus dem Fels heraus zu ihren Besitzern fließen. Und jeder von ihnen schien den Weg dorthin genau zu kennen. Irgendwo tief im Fels am Ende dieser Höhle floss der Strom des Lebens weiter und würde sich wieder verzweigen. Das Bewusstsein jedes Menschen hatte seinen eigenen kleinen Nebenfluss, der dem Gedächtnis der Menschheit entsprang, sich von ihm löste und irgendwann wieder mit ihm vereinte.

Die Nischen, in denen die Glaskolben mit den Erinnerungen verwahrt wurden, waren von Hütergnomen streng bewacht. Diese trugen Speere und Keulen und sahen noch abscheulicher aus als ihre fleißigen Fischergesellen. Über ihrer Oberlippe ragten Stoßzähne hervor und Kopf- und Rückenhaare waren lang und verfilzt. Weiter hinten in der Höhle sah Lili eine Gruppe Gnome, die blass und ausgemergelt waren, als würden sie jeden Moment vergehen. Diese erhielten von den Hütern ein paar Flaschen, die sie gierig aufbrachen und in Windeseile leer schlürften. Kaum hatten sie das getan, verwandelte sich ihre Gestalt. Sie begannen zu wachsen und gewannen zusehends an Kraft. Kaum waren sie gestärkt, kehrten sie zur Arbeit an den Teichen zurück.

Jedes Mal, wenn das Wasser bis an den Rand des Damms gestiegen war, wurde eines der Abflusstore geöffnet und das glitzernde Wasser schoss in die Hauptschleuse, von der es wiederum in die kleineren Teiche abgeleitet wurde. Erst wenn alle Erinnerungen aus ihnen herausgefischt waren, öffnete man weitere Schleusen und entließ das seelenlose Nass zurück in den Flusslauf, wo es in steilem Gefälle rauschend und gurgelnd im Bergesinneren verschwand.

Das alles konnten Rosalie und Lili beobachten, während sie zitternd hinter der Mauer saßen und das schrille Kreischen der Angstgnome ihnen in den Ohren tönte.

Während Lili noch versuchte, die Bedeutung dessen, was sie sah, zu erfassen, ertönte ein mächtiges Knarren im Inneren des Damms. Erschrocken wichen die Mädchen einige Meter zurück, da begann der Wasserstand des großen Auffangbeckens rasant zu sinken und in der Mitte des Damms kam eine weitere geöffnete Luke zum Vorschein. Sie war riesig. Es war der aufgerissene Schlund der Fratze der Angst und sie glich dem

Eingang des Berges wie ein Zwilling. Die Fischerteiche wurde neu befüllt.

Als der Wasserstand unterhalb der Luke angekommen war, schloss sich diese wieder, und sofort begann der Wasserspiegel erneut zu steigen.

Das also war das Geheimnis: Alles, was die Menschen erlebten, floss irgendwann durch die Schleuse der Angst. Doch nur denen, die schwach waren, konnten die hässlichen Gnome ihre Erinnerungen stehlen. Gegen die, die sich widersetzten, waren sie machtlos. Die Erinnerungen, die sie jedoch erhaschten, dienten ihnen als Nahrung und machten sie stark. Die Schwäche der Menschen hielt die Angst am Leben!

Mit Entsetzen wurde Lili klar, wie sehr die Zeit drängte. Wenn die Angstwesen auch Rosalies Erinnerungen schon gefressen hatten, war ihnen beiden der Rückweg für immer versperrt. Nur wenn die Erinnerungen noch in einem der zahlreichen Gläser in den Nischen standen und sie es schafften, diese zurückzuerobern und in den Fluss zu entleeren, konnten sie in die Wirklichkeit zurückkehren.

Wie um Himmels Willen sollten sie es schaffen, sich an den Wachen vorbei zu schleichen?

»Was ist?« Rosalie sah sie erwartungsvoll an.

Schweren Herzens erklärte Lili ihr die Lage. Erschöpft und entmutigt blieben die beiden am Ende des Damms hocken und sahen zu, wie der Wasserpegel höher und höher kroch.

Da kam Lili der rettende Gedanke. Der Damm! Wenn sie den Damm zerstörten, würde die Flut die Höhle überschwemmen und die Gläser aus den Nischen reißen. Die meisten von ihnen würden an den Felsen zerspringen und ihr Inhalt sich mit dem Wasser vermischen. Die kleinen Schleusen der Fischerteiche würden dieser Gewalt ebenfalls nicht standhalten, zerbersten und alles, was die Höhle barg, würde zurück in den Fluss gespült. Es blieb ihnen nichts anders übrig, als darauf zu vertrauen, dass auch Rosalies Erinnerungen dabei sein würden.

Ja, das war ihre einzige Möglichkeit. Und es konnte gelingen. Nur an eines wagte Lili nicht zu denken: Auch sie und Rosalie würden der Flut des reißenden Wassers ausgesetzt sein. Und dann war da noch der unterirdische Tunnel, in dem der Fluss am Ende der Höhle verschwand. Dort würden sie hindurchtauchen müssen. Keine von ihnen wusste jedoch, wie lang das Wasser durch den Untergrund floss, bis der Berg es wieder frei gab. Würde ihre Luft reichen? Bei diesem Plan ging es um Leben und Tod, und doch hatten sie keine Wahl, denn einen anderen Ausweg gab es nicht.

Vorsichtig versuchte Lili, die winzig kleine Tür in der Mauer zu öffnen. Sie atmete auf, als sie sie unverschlossen fand, und spähte hindurch. Auch auf dieser Seite bestand das Ufer des Sees aus zerklüfteten Felsen. Am einem Ende hingegen, wo die ersten Teichwannen lagen, ragte ein besonders breiter und mannshoher Brocken in die Höhe. Wenn sie es bis dahin schafften, konnte Lili ihr Vorhaben beenden, bevor die Angstgnome sie entdeckten und Rosalie hatte eine winzige Chance, es rechtzeitig bis zum unterirdischen Tunnel zu schaffen, ohne von der Flutwelle durch den gesamten Dom gerissen zu werden und sich dabei an treibenden Trümmerteilen zu verletzen. Sie würde all ihre Kraft für den Tauchgang brauchen.

Lili schloss die Augen und atmete ein paar Mal tief durch. Als ihr Puls aufhörte, wie verrückt zu pochen, gab sie sich einen Ruck und teilte Rosalie ihren Plan mit.

»Ich kann dir nicht versprechen, dass es gelingt, nur dass ich alles dafür tun werde. Du weißt jetzt, dass ich über besondere Kräfte verfüge. Mit Hilfe dieser Kräfte werde ich versuchen, den Damm zu sprengen. Wenn mir das gelingt, wird die Flut den Rest erledigen.«

Rosalie nickte tapfer.

»Gut«, sagte Lili, als sie sah, dass das Mädchen einverstanden war. »Und jetzt versprichst du mir noch etwas: Sobald der Damm bricht, rennst du los, Rosalie. Renn, so schnell du kannst, zu der Stelle, wo das Wasser im Felsen verschwindet, und sieh dich nicht um, egal was passiert. Du darfst auf keinen Fall auf mich warten. Hast du verstanden?«

»Ja, aber wieso darf ich nicht ...,« wollte Rosalie protestieren, doch Lili unterbrach sie barsch.

»Ganz egal was passiert, du siehst zu, dass du den Tunnel erreichst, bevor das Treibgut dich verletzen kann. Versprich es mir.«

Tränen kullerten Rosalies Wangen hinunter, doch sie versprach es.

Lili nahm sie kurz und fest in die Arme. »Es wird schon schiefgehen«, beteuerte sie mit wenig Überzeugungskraft und dann brachte sie sich in Position.

Auf Leben und Tod

Während Lili ihre geballte Willenskraft einsetzte, um den Damm zu brechen, beobachte Rosalie mit klopfendem Herzen die hässlichen Gnome. Keiner schien sie bisher bemerkt zu haben.

Nach einigen Minuten klang von der Dammmauer ein seltsames Knirschen herüber. Die Fugen zwischen den mit Pech versiegelten Steinen begannen sich unter Lilis kinetischem Gedankendruck zu dehnen. Bald schon ging das Knirschen in ein dumpfes Grollen über, das bereits die Aufmerksamkeit der hässlichen Wesen auf sich zog. Schon hielten ein paar in der Bewegung inne und sahen alarmiert herüber. Ahnten sie, was für eine Gefahr ihnen drohte? Rosalie sah mit Schrecken, dass sich eine Gruppe zusammenrottete und zu diskutieren begann. Das Krachen wurde lauter und lauter. Schon löste sich einer aus der Gruppe und lief eilig zu einem Aufseher hinüber, um ihn auf das unheimliche Grollen aufmerksam zu machen. Wenn Lili es nicht schaffte, den Damm rechtzeitig zum Bersten zu bringen, würde man sie entdecken und sie wären für immer verloren.

Doch noch während Rosalie mit schreckgeweiteten Augen hörte, wie der Aufseher einen gellenden Pfiff ausstieß, um sich

Gehör zu verschaffen, gab der Damm nach und das Wasser brach mit einem gewaltigen Knall hervor. Die grauen Zottelwesen gerieten in Panik. In Sekundenschnelle herrschte überall das Chaos. Rosalie rannte los.

Das Wasser pflügte alles unter, was ihm in die Quere kam: Tische, Stühle, Regale und die graue Zottelbrut, während Rosalie erschrocken vorwärtsstolperte, hinfiel, sich wieder aufrappelte … im Nacken die gurgelnde Flut.

Einmal sah sie kurz zurück und ihr Herz setzte vor Schreck einen Moment lang aus. Lili, die nach dem immensen Kraftakt völlig erschöpft zu Boden gesunken war, wurde von einer Welle erfasst und davongespült. Eine kurze Strecke noch konnte Rosalie ihr mit den Blicken folgen, dann versank die Freundin in den Fluten.

Das alles hatte nur einen Sekundenbruchteil gedauert, und inzwischen hatte das Wasser auch Rosalie fast eingeholt. Schnell stürzte sie weiter in Richtung des unterirdischen Tunnels. Da erreichte die Flutwelle die Wandnischen und mit einem fürchterlichen Klirren zersprangen die Flakons und Gläser mit den eingefangenen Erinnerungen und wurden davongespült. Nun lief Rosalie mit der Flut um die Wette. Wenn das Wasser sie überrollen würde, bevor sie den Tunnel erreichte, hätte sie keine Chance. Aus dem Augenwinkel sah sie, wie Lilis Kopf in einem der hinteren Teiche auftauchte und sie verzweifelt nach Atem rang. Rosalie beschleunigte ihren Schritt, rannte ... stolperte ... rannte ... stolperte ...

Gerade als sie das Ende der Höhle erreicht hatte, sprengte die Flutwelle die hinteren Schleusen und brach sich mit letzter Gewalt ihren Weg zum Tunnel.

Plötzlich sah sie Lili, die sich an ein Brett klammerte und auf sie zu trieb. »Spring, Rosalie!«, schrie Lili. »Spring!«

Doch die Füße des Mädchens schienen mit einem Male im Felsen verankert.

Da war Lili auch schon neben ihr, löste die steifen Finger vom Brett, schnappte mit letzter Kraft nach Rosalies Hand und riss das kleine Mädchen ins Wasser.

Nun hatte die Flutwelle sie erreicht, schwappte über sie hinweg, wirbelte und schleuderte sie herum, doch Lili ließ Rosalies Hand nicht los.

»Jetzt!«, schrie Lili und beide Mädchen holten ein letztes Mal Luft, bevor das Wasser sie in die Tiefe des Tunnels riss.

Dunkelheit umschloss sie und Wasser drang in ihre Ohren und ihre Münder. Schwindel erfasste Lili und schon schien es, als würde der Tod nach ihr greifen – da öffneten sich vor ihren Augen gleißende Kammern des Lichts und alle Geräusche verstummten. Ruhig und schwerelos trieb sie dahin, um sie herum Bilder und Szenen, die durchs Wasser waberten, an Form und Schärfe gewannen und schließlich wie ein Film an ihr vorübertrieben: Gesichter, die ihr zulächelten, Hände, die ihr winkten, und Stimmen, die nach ihr riefen: »Komm zurück, Lili. Komm zurück. Es ist Zeit.«

Irgendwann war es zu Ende. Die Bilder verblassten und das gurgelnde Wasser trieb sie nach oben. Licht! Immer näher, ganz nah. Sie durchbrach die Oberfläche – und sah direkt in die Sterne.

★ ★ ★

Ariane lümmelte auf ihrem Stuhl, die Beine über das Fußende des Bettes ausgestreckt, und dämmerte vor sich hin. Mit einem Ruck setzte sie sich auf. Es war Montag, fünf Uhr morgens. Außer ein paar Spatzen, die auf dem Sims vor dem Fenster umherhüpften und nach winzigen Insekten pickten, waren alle in tiefen Schlaf versunken. Keiner von ihnen hatte gestern Abend noch große Hoffnung gehabt. Die Frist war abgelaufen. Irgendwann musste die Erschöpfung sie alle übermannt haben.

Doch was war das? Aus dem Augenwinkel erhaschte sie eine Bewegung auf Rosalies Gesicht. War das ein Zucken, oder bildete sie sich das ein?

Doch auch Nut sprang jetzt auf und starrte gespannt auf sein Frauchen. Da, da war es wieder … ja, jetzt sah sie es ganz deutlich. Um Rosalies Mundwinkel zuckte es, und Lilis Lider flatterten. Im selben Moment, als Ariane Alarm schlug, begann auch Nut zu knurren und riss Cornelius aus tiefem Schlaf.

Er hatte quer über der Tatstatur gehangen und fuhr so schnell hoch, dass er sich den Schädel an der Schreibtischlampe stieß. »Au, verdammt! Was ist los?«, fragte er und rieb sich die schmerzende Stelle.

»Sie wachen auf! Oh Shit, verflucht!« Ariane war völlig aus dem Häuschen. »Mach schon, weck die anderen. Nele, sie kommen zurück. Der Teufel soll mich holen, sie schaffen es doch noch!«

Cornelius starrte sie einen Moment lang fragend an, dann sprang er vom Stuhl und trat schnell zu Ariane ans Bett.

»Glaubst du wirklich? Das kann doch …«

»Meinst du, ich mach den ganzen Aufstand hier aus Jux? Ich bin mir totsicher. Lilis Lid hat geflattert.«

»Geflattert … Aha!« Cornelius schien immer noch nicht überzeugt und beugte sich weit über das Bett, auf Lilis Kopf zu. »Also ehrlich gesagt kann ich nichts Derartiges feststellen«, flüsterte er schulmeisterlich und schob seine Brille ein Stück hoch, als könnte er dann besser sehen.

Als er sich noch ein wenig weiter vorwagte, um auch Rosalies Gesicht genauer zu betrachten, knurrte Nut ihn warnend an.

Schnell zog er sich zurück, wobei er versehentlich Rosalies Arm anstieß, sodass dieser von ihrer Brust rutschte. Als erwarte er auf seine Ungeschicklichkeit eine spitze Bemerkung, schaute er entschuldigend zu Ariane. Doch statt des Keifens, mit dem er rechnete, flüsterte sie nur leise: »Da!« und blickte an ihm vorbei auf das Bett, wo sich in diesem Moment Rosalies Finger sanft tastend über das Laken bewegten.

»Glaubst du, sie hat es gespürt?«, wisperte Cornelius, dem die Entwicklung der Dinge langsam zu seltsam wurde.

Noch bevor Ariane etwas antworten konnte, begann Lili, sich unruhig hin und her zu wälzen, und ihr Mund klappte gespenstisch auf und zu, als würde sie verzweifelt nach Luft schnappen. Die beiden Freunde standen wie angewachsen da und trauten nicht, sich zu bewegen. Plötzlich schnellte Lili mit einem Ruck hoch, riss die Augen auf und starrte mit einem verzerrten Lächeln an die Zimmerdecke. Ihrem Mund entschlüpfte ein stummer Schrei.

»Rosalie?«

Wie von der Tarantel gestochen schreckten Ariane und Cornelius zurück und stießen dabei einen Stuhl um, der scheppernd zu Boden ging und Dr. Jaworski endlich aus dem Schlaf riss.

Sekunden später erwachten auch Bellinda, Professor Leuchtegrund und Esther. Nut begann aufgeregt zu bellen, so dass es Louisa bis in die Kapelle hörte und ebenfalls hereinstürmte. Noch während sich alle aufgeregt um Lili bemühten, die verwirrt und orientierungslos auf der Matratze saß, begann für Rosalie der letzte Kampf.

Erwachen

Rosalie schnaufte und prustete. Das kalte Wasser bahnte sich gurgelnd seinen Weg und schoss ihr erbarmungslos in Mund und Nase. Es fühlte sich an, als könne sie jeden Tropfen, der sich ihrer bemächtigte, einzeln spüren. Die Zeit verlangsamte sich, dehnte sich aus, erfasste ihr Bewusstsein und zauberte seltsame Bilder vor ihr Auge. Noch waren sie weit entfernt und verschwommen, doch sie kamen näher und wurden klarer, und eine gespenstische Vertrautheit schien ihnen anzuhaften.

Bald schon formten sich aus Umrissen Orte, aus Schemen Menschen, entspannen sich Szenen von Geschehenem vor ihren Augen. Und dann, als die Bilder immer deutlicher in Bewegung kamen, erkannte sie plötzlich einzelne Details, und kurz drauf brach die ganze Erinnerung über sie herein. Worte ertönten, Geräusche füllten die Räume und dann sah sie sich selbst ...

... sieht sich auf der Treppe, mit der Puppe in der Hand. Hört die Mutter auf der Toilette im Flur den Nachttopf der Großmutter leeren, den angetrunkenen Vater in der Küche poltern und das klägliche Jaulen von Nut, als der Vater ihn mit einem Tritt aus seinem Weg befördert.

Nun ist sie wieder dort, im Haus, in jener Nacht, die alles verändert hatte.

Schnell versteckt sie sich hinter dem Geländer. Sie ist herunter gekommen, weil sie nicht schlafen kann.

Die Tür der Küche öffnet sich, der Vater stolpert heraus und verschwindet im Zimmer der Großmutter. Leise und wie in Zeitlupe schleicht das kleine Mädchen hinterher, verbirgt sich hinter der offenen Tür des Schlafzimmers und hört den Vater mit der Großmutter streiten.

Um Geld geht es, und dass sie es ihm nicht geben will. Einen Lumpen und Säufer nennt die Großmutter ihn, einen Taugenichts! Auch ihr Name fällt, Rosalie, doch sie kann nicht verstehen, was die Großmutter flüstert. Nur die Abscheu in ihren Augen kann Rosalie durch den Spalt der Tür hindurch erkennen, und die Wut im Gesicht des Vaters. Diese unbändige Wut, die sein Gesicht entstellt und es zu einer hässlichen, Angst einflößenden Fratze formt. Wie ein böser, hässlicher Wolf sieht er aus, der sich gierig auf die Großmutter stürzt, ihr das Kissen entreißt und es ihr auf Mund und Nase drückt.

Die Großmutter wehrt sich, schlägt mit ihrem Buch nach ihm und erwischt die brennende Kerze, die vom Nachttisch kullert. Die Mutter stürmt herein … erstarrt, die Hände entsetzt vors Gesicht geschlagen … kommt zu sich, stürzt vor und reißt den Vater vom Bett weg … doch die Großmutter rührt sich nicht mehr.

Flammen züngeln empor. Die Kerze leckt an den Vorhängen, erfasst die Tapete. Die Eltern verharren einen Moment, halten erstaunt inne, nur kurz ... dann stößt der Vater die Mutter zur Seite und stürmt aus der Tür.

Schnell duckt sich die kleine Rosalie, kauert zwischen Tür und Wand, ruft nach der Mutter und wagt sich nicht hervor. Ängstlich schaut sie durch den Spalt, sieht die Mutter am Boden, seltsam verdreht. Sie bewegt sich nicht mehr.

Bald ist überall Rauch, versperrt ihr die Sicht und beißt in ihrem Hals. Sie muss husten, husten ... Eine Ewigkeit scheint zu vergehen, als eine kalte Schnauze ihre Hand berührt. Das Feuer wütet, der Vorhang brennt, die Tapete schwelt ...

Etwas zwickt sie durchs Nachthemd in die zarte Haut und zerrt an ihr, zerrt und zerrt ... Kaum wagt sie, die Augen zu öffnen, nur eines, nur einen kleinen Spalt breit ...

Nut! Es ist der Welpe, der an ihr zieht, sie aus großen Augen ansieht und fortzerren will. Doch sie kann jetzt nicht gehen. Sie muss doch der Mutter helfen, die bewusstlos am Boden liegt, und der Großmutter, mit dem Kissen über dem Gesicht.

Wieder hustet das Kind, wagt keinen Schritt vor oder zurück. Rauch! Überall Rauch. Er schmeckt bitter und sie kann die Mutter nicht mehr sehen. Mutter? Mutter!

Wieder zerrt der Welpe an ihrem Hemd, da gibt es einen lauten Knall. Das Feuer schnellt hervor und will sich auf sie stürzen. Schon greift es nach der Tür, frisst an dem Rahmen. Mutter? Jetzt will es sie packen. Schon drängt es durch den Spalt, da rappelt sie sich endlich auf.

Der Hund löst seinen Biss, prescht mit Gekläff davon und nun rennt auch das Mädchen! Es folgt dem treuen Freund. Läuft und läuft und ... Da trifft sie etwas hart am Kopf und streckt sie nieder. Keine Luft, sie bekommt keine Luft ...

Ein seltsames Wesen tritt aus dem Rauch. Es trägt eine hässliche Maske mit einem langen Schlauch. Doch es tut ihr nichts. Hebt sie nur auf und trägt sie davon, hinaus aus dem Rauch und dem brennenden Haus ... Nein, sie darf noch nicht gehen. Die Mutter ist noch im Haus, hilflos am Boden ...

Dann sieht sie nichts mehr. Nicht, wie die Mutter erwacht, sich durch Flammen und Rauch kämpft, die Treppe hinauf ... Hinauf, ins Zimmer von Rosalie, zu ihrem Kind, das sie retten will. Doch das Kind ist nicht in seinem Bett und die Treppe stürzt ein ...

Dann, auf einmal spürte Rosalie sich wieder. Das Wasser wich zurück. Die Bilder verblassten. Sie hatte keine Furcht mehr. Jetzt nicht mehr. Sie ließ los. Ließ endlich los und ergab sich ihrem Schicksal.

★ ★ ★

Alle waren über Lilis Erwachen völlig aus dem Häuschen, alle außer Ariane. Das sonst so kesse Mädchen schaute blass und ernst aus einem völlig übermüdeten Gesicht. Der Schock darüber, dass sie während Lilis Überlebenskampf tatsächlich eingeschlafen war, saß ihr tief in den Knochen.

»Was ist los?«, fragte Lili, als Ariane ihre Umarmung kaum erwiderte.

»Das werde ich mir nie verzeihen«, flüsterte die Freundin tonlos und saß wie eine Puppe auf der Kante des Bettes.

»Was meinst du?« Lili war irritiert.

»Dass ich eingeschlafen bin, während keiner von uns wusste, ob du überlebst. «

»Du bist eingeschlafen?«, feixte Lili, die den Kummer der Freundin noch nicht wirklich begriff. »Ist das dein Ernst?«

Als Ariane still blieb erkannten auch die anderen, mit welchen Gewissensbissen sie sich quälte.

»Kind«, sagte Esther sanft und legte Ariane ihre Hand auf die Schulter. »Wir sind alle eingeschlafen. Das darfst du dir nicht vorwerfen. Wir alle haben drei Nächte lang nicht geruht. Es liegt in der Natur der Sache, dass …

»Was?«, rief Ariane erbost und sprang auf. »Dass ich einpenne, während meine beste und einzige Freundin ums Überleben kämpft und keiner wusste, ob sie tot ist, liegt in der Natur der Sache?«

Esther verstummte. Sie erkannte, dass alles, was sie nun sagen würde, Arianes Schmerz nicht mildern konnte. Das Mädchen bebte vor Wut auf sich selbst.

Es war Cornelius, der die richtigen Worte fand. »Also ehrlich, Ariane, du siehst das zu krass.« Ariane warf ihm einen flammenden Blick zu, den Cornelius jedoch gar nicht bemerkte, weil er nach den richtigen Worten suchte. »Ich meine«, argumentierte er auf die ihm so eigene emotionslose Art, »du warst es schließlich, die gemerkt hat, dass Lili erwacht. So tief kannst du also gar nicht weg gewesen sein ...« Als er merkte, dass Ariane sich ein wenig entspannte, redete er schnell weiter. »Echt, du hast höchstens ein paar Minuten vor dich hingedämmert, sonst wär' dir doch nie aufgefallen, dass ihre Lider zucken ...« An Arianes Blick sah er, dass seine Rede auf fruchtbaren Boden schlug. Gleichzeitig geriet er ins Stocken. Müde und abgeschlagen sahen sich die beiden Freunde stumm in die Augen.

Leonore, wie immer sachlich und überlegen, nutze den Moment, um die Situation vollends zu entschärfen. »Da kann ich Nele nur zustimmen. Wenn sich hier jemand etwas vorzuwerfen hat, dann ganz sicher nicht du, Ariane.« Sanft aber bestimmt schob sie das Mädchen vom Bett weg. »Am besten lassen wir Lili erst einmal richtig ankommen und stärken uns alle an einem Kaffee. Bellinda, wärst du so freundlich und brühst uns einen frischen auf?« Sofort setzte sich die herzensgute Matrone in Bewegung, froh, der Aufregung zu entkommen, und zog Ariane mit sich.

»Louisa«, delegierte Leonore weiter, »wenn Sie vielleicht …«
Auch Louisa sprang sofort hilfsbereit auf und lief zur Tür.
»Selbstverständlich. Ich werde Agnes bitten, uns allen ein kräftiges Frühstück zu bringen.« Leonore nickte ihr dankbar zu. Langsam aber sicher löste sich die Runde auf. Nur Esther blieb und setzte sich zu Lili, die fragend zu ihr aufsah.

»Ach, Kind. Es ist wahr. Als du heut Nacht mit Rosalie in den Strudel getaucht bist, war der Bildschirm auf einmal tot. Auch Bellinda konnte nichts mehr in der Kugel erkennen. Die Verbindung zu euch war völlig abgerissen. Keiner von uns wusste, ob ihr es schaffen würdet.«

»Und da seid ihr einfach so eingeschlafen, ja?«, Lili konnte sich ein breites Grinsen nicht verkneifen »Ihr seid ja tolle Freunde.« Lächelnd ergriff sie Esthers Hand und drückte sie ganz fest, glücklich, wieder hier zu sein. Das Adrenalin pulsierte ihr noch immer durch die Adern. Es war ihr unmöglich, ernst zu bleiben.

Esther zwinkerte ihr belustigt zu. »Ja, stell dir vor. Ist das nicht ungeheuerlich? Die Müdigkeit muss uns einen nach dem anderen übermannt haben« Sich an den Händen haltend strahlten sie sich einfach nur an.

»Ich muss gestehen«, flüsterte Lili, »ihr seht alle ziemlich fertig aus.« Die beiden kicherten fröhlich vor sich hin, während Professor Leuchtegrund und Leonore besorgte Blicke wechselten. Seit Lilis Rückkehr waren nur zehn Minuten vergangen.

Noch waren alle so aufgewühlt und mit ihren Gedanken beschäftigt, dass sie den großen Augenblick, dem sie seit Tagen entgegenfieberten, fast verpassten. Alle außer Nut!

So lange hatten sie gehofft, gebangt und gewartet, doch erst jetzt, als der Hund aufsprang und dem Mädchen freudig wedelnd das Gesicht abschleckte, entdeckten sie, dass auch Rosalie erwacht war. Still hatte sie die Augen aufgeschlagen und als erstes die graue Decke des Zimmers erblickt. Dann war Nut auch schon über ihr.

Sofort war Eugen Leuchtegrund zur Stelle und zog den Husky sanft von dem Mädchen herunter. Louisa, die soeben zurückgekehrt war, entwich ein Freudenschrei. Sie eilte zum Bett und nahm Rosalies Gesicht in ihre Hände. Tränen rannen ihr die Wangen hinab und netzten die trockenen Lippen des Kindes, das sie aus großen Augen erstaunt und irritiert ansah.

»Rosalie«, schluchzte Louisa, »mein Gott, du hast es tatsächlich geschafft.« Glücklich sah sie zwischen den beiden Mädchen hin und her und konnte es gar nicht fassen. Ihr ganzer Körper bebte vor Freude und Aufregung, sodass Leonore Jaworski sie nun sachte zur Seite schob, damit auch Rosalie sich aufsetzten konnte.

Lili, die aufrecht neben ihr saß, ergriff Rosalies Hand. Sie konnte es kaum glauben. Zwischen dem Kleinkind, das sie in den Strudel gerissen hatte, und dem Mädchen, das nun hier neben ihr saß, lagen Welten. Sie strahlte Rosalie glücklich an, die mehr und mehr zu sich kam und verwundert um sich schaute.

Da fiel es Lili wie Schuppen von den Augen. Natürlich. Das Mädchen hatte keine Ahnung, wo sie war und von wem sie da so freudig begrüßt wurde.

Beherzt drückte sie Rosalies Hand fester, beugte sich zu dem Mädchen herüber und sagte laut und vernehmlich: »Rosalie, darf ich vorstellen?« Stolz zeigte sie in die Runde, auf Ariane und Cornelius, auf Esther und Bellinda, Professor Leuchtegrund und Dr. Jaworski und nicht zuletzt auf Louisa. Es wurde augenblicklich ruhig im Zimmer. »Das sind meine Freunde!«

Gespannt schauten alle zu dem Mädchen, das sie aus hellen Augen neugierig und erstaunt ansah. Keiner wagte einen Ton zu sagen, nicht einmal Ariane. Einzig Bellinda entwich ein Seufzer tiefer Rührung.

Da platze es aus Rosalie heraus und brach den Bann: »So viele?«, rief sie. »Du hast wirklich so viele Freunde?«

Lili kicherte. »Ja, allerdings, und manchmal können sie furchtbar nerven.«

Nun stimmten auch die anderen in ihr Gelächter ein, und all die Anspannung der letzten Tage und Nächte fiel von ihnen ab wie welkes Laub.

»Ich kenne deine Stimme«, sagte Rosalie zu Louisa gewandt und kraulte Nuts Ohren, der ruhig und zufrieden neben ihr lag.

»Louisa hat dich die ganze Zeit gepflegt, während du im Koma lagst«, half Lili ihr. »Sie war es, die mich gerufen hat, damit ich dich zurückhole.«

Die junge Novizin, tief gerührt darüber, dass Rosalie sie die ganze Zeit über hatte wahrnehmen können, schniefte schon wieder in ihr Taschentuch.

»Wirklich, ist das wahr?«, antwortete Rosalie. »Danke.«

Louisa drückte sie fest. Sie konnte vor Glück und Rührung kaum sprechen. »Ich werde dir alles erzählen … sobald du ein wenig zu Kräften gekommen bist … mein Engel«, flüsterte sie beruhigend.

Da trübte sich Rosalies Blick. Zu Lili gewendet wisperte sie: »Ich weiß schon alles … Es ist alles wieder da.«

Wieder wurde es still im Zimmer. Keiner konnte sich auch nur im Entferntesten vorstellen, was in Rosalie vorgegangen sein mochte, als ihre Erinnerungen über sie hereingebrochen waren.

Da nahm Lili Rosalie ebenfalls fest in die Arme. »Du musst das nicht allein durchstehen. Wir alle werden bei dir sein.« Schnell fügte sie hinzu: »Ich bin so froh, dass du zurückgekommen bist. Wir alle werden dir helfen.«

»Was wird jetzt passieren? Wo soll ich denn jetzt hin?«

Esther kam Lili schnell zur Hilfe. »Nun, das wird sich alles finden, mein Schatz. Als Erstes werden wir euch jetzt einmal von diesen hässlichen Dingern befreien.« Sie zeigte auf die Infusionsbeutel, woraufhin Louisa sofort aufsprang. »Und dann ...«, sie erhob sich, »... werden wir endlich frische Luft und Sonne hier herein lassen.« Tatkräftig schritt sie zum Fenster. Alle kamen in Bewegung. Der Bann war gebrochen.

Eine halbe Stunde später ließ Ariane sich gesättigt auf den nächstbesten Stuhl fallen. »Also, diese Schnitten sind ja ganz nett«, schmatzte sie und schluckte schnell den letzten Bissen herunter. »Aber ich kann es gar nicht erwarten, endlich wieder Hannis Auflauf zwischen die Beißer zu bekommen. Ehrlich, ich bin fast verhungert.«

Cornelius nickte zustimmend mit vollem Mund und Lili grinste. »Wie kann man nur so viel in sich hineinschlingen und trotzdem so eine Bohnenstange sein?«, seufzte sie. »Das werde ich nie verstehen«.

»Bohnenstange?«, protestierte Ariane ohne Groll und war wieder ganz die alte. »Alles bestens proportioniert«, feixte sie und rückte ihren winzigen Busen zurecht, sodass Cornelius puterrot wurde und sich fast verschluckte. Die Mädchen lachten schallend. Beide waren froh, dass sie endlich wieder beisammen waren.

Doch noch war nicht *alles* vorbei, und als ob Louisa ihre Gedanken gelesen hätte, erhob sie sich und begann, sich zu verabschieden. Nur ein paar Gänge entfernt wartete Elsbeth auf ihren Bericht, und schon morgen wollten Staatsanwalt Doldinger und

Richter Theobald Täschner sich persönlich von Rosalies Zustand ein Bild machen. Es war noch viel zu tun.

★ ★ ★

Inzwischen wussten alle, was Rosalie in der Nacht des Feuers erlebt hatte, und es war Louisas Aufgabe, sie so feinfühlig wie möglich auf ihre Aussage vor den Gesetzeshütern vorzubereiten.

»Das is echt harter Tobak«, nuschelte Ariane schon wieder kauend. »Ich möchte nich in ihrer Haut stecken.«

Sie saßen bei Hanni in der Küche und stopften sich den Bauch mit frischem Nudelauflauf voll. Lili konnte kaum noch die Augen offen halten und wartete darauf, dass Ariane endlich genug hatte. Otto hatte sie am Nachmittag abgeholt, und seitdem wurden sie von Hanni nach Strich und Faden verwöhnt.

»Ach, komm schon«, neckte Lili die Freundin gähnend. »Nach allem, was Nele mir erzählt hat, hast du den armen Doldinger fast zu Tode erschreckt.«

Ariane grinste unschuldig. »Ich hab nur Klartext geredet, sonst hätt' der seinen Hintern nie bewegt«, erwiderte sie und kippte ein Glas Cola zum Nachspülen hinterher.

Lili gähnte ausgiebig. Sie war froh, dass Ariane sich wieder gefangen hatte. Selbstbewusst gefiel sie ihr viel besser. »Was ist, können wir jetzt endlich gehen?« Sie fiel fast vom Stuhl vor Müdigkeit. Cornelius hatte sich längst in sein Zimmer verzogen.

Ariane ließ das Glas hart auf den Tisch knallen und stieß Lili flapsig an. »Alles klar. Ab in die Falle.«

Arm in Arm schlenderten sie über den Hof zurück. Soeben ging am Horizont die Sonne unter und tauchte das mächtige Portal der Klosterkirche in goldenes Licht. Die Eisenbeschläge glänzten kurz auf, dann versanken sie in den heraufziehenden Schatten. Der Frieden einer lauen Sommernacht legte sich über das Institut und die Herzen der Mädchen.

Der Prozess

»RUHE! Ruhe im Gericht, sonst lasse ich den Saal räumen!«, donnerte die kräftige Stimme des Richters und wieder sauste seine Faust mit voller Wucht auf das Pult herunter.

Theobald Täschners hervorquellende Augen sahen grimmig über die hinteren Reihen der Zuschauer hinweg, und sein massiger Körper erhob sich halb vom Stuhl und beugte sich drohend dem Publikum entgegen. Nichts hasste er mehr als Tumulte, und der Auftakt seines neuen und spektakulären Falls war für solcherlei Volksaufstände geradezu maßgeschneidert. Er würde hart durchgreifen müssen und zur Not die Öffentlichkeit aussperren lassen, wenn die Bande sich nicht benehmen konnte. Doch seine imposante Erscheinung und sein zorniger Blick über die Schnurrbarthaare hinweg erzielten auch diesmal den gewünschten Effekt. Seine Autorität und die zum Teil geradezu rohe Art waren bis über die Stadtgrenzen hinaus bekannt. Doch seine Urteile waren gerecht, und daher zollte man ihm Respekt.

Sofort waren die Zuschauer im Gerichtssaal verstummt. Die Menge setzte sich kerzengrade auf und der Verteidiger des Angeklagten zupfte nervös seine Krawatte zurecht. Es stand ihm nur allzu deutlich ins Gesicht geschrieben, dass er Leon Lieblichs Mandat einzig deshalb übernommen hatte, weil er als Pflichtverteidiger bestellt war. Fälle wie dieser hinterließen für gewöhnlich einen bitteren Geschmack und waren einer schnellen Karriere eher hinderlich, als dass sie sie vorantrieben. Er war sich sehr bewusst, dass er weder die Sympathien des Richters noch die der Bevölkerung auf seiner Seite hatte, und hoffte, die Sache so schnell und unspektakulär wie möglich über die Bühne zu bringen.

Der Fall Lieblich hatte schon Tage vor seinem Auftakt die Presse dominiert, und sein Mandant war von den Journalisten bereits schwer angegriffen worden. Kein Wunder! So ein schwerer Fall war in der kleinen Stadt noch nie verhandelt worden und er wurde landesweit mit regem Interesse verfolgt.

Spielsüchtiger Alkoholiker, angeklagt des Mordes an seiner eigenen Mutter, des Totschlags an seiner Frau und des geplanten Mordes an seiner hilflosen kleinen Tochter sowie des Versicherungsbetruges und der Brandstiftung. Und das alles wegen 250.000 Euro Hinterlassenschaft, mit der er seine Schulden hatte bezahlen wollen ... Nervös tupfte der Anwalt sich den Schweiß von der Stirn. Aussichtslos! Absolut aussichtslos, in diesem Fall einen Freispruch oder auch nur eine Strafmilderung zu erzielen, selbst wenn die Beweislage besser wäre, und die war denkbar schlecht.

Leon Lieblich selbst saß zusammengesunken, die Hände in Handschellen, auf der Anklagebank. Seine Miene zeigte keinerlei Reue, nur Verdruss und Bitterkeit. Seit er vor drei Monaten bei der versuchten Landesflucht gefasst und in Untersuchungshaft genommen worden war, hatte er kaum einen Ton gesagt. Jede Bestrebung, seine Tochter zu besuchen, hatte der Richter strengstens unterbunden, da das Kind ihn immer noch nicht sehen wollte und man weitere Gefahr für Rosalies Leben zu vermeiden suchte.

Das zarte Mädchen hatte sich in den letzten drei Monaten nach seinem Erwachen aus dem Koma einer therapeutischen Behandlung unterzogen und inzwischen in Bildern und Berichten eine für Leon Lieblich vernichtende Zeugenaussage hinterlegt. Es war im Kinderkrankenhaus des katholischen Klosters bestens versorgt worden, und inzwischen hatte das Jugendamt eine äußerst nette Pflegefamilie gefunden, in der Rosalie zusammen mit Nut ein neues Leben beginnen durfte.

Theobald Täschner hatte auf das Bitten der jungen Novizin, die Rosalie im Kloster wie ihren Augapfel gehütet hatte, und auf Rat der Ärztin hin von einer öffentlichen Befragung oder gar Gegenüberstellung abgesehen. Rosalie würde dem Prozess nicht beiwohnen müssen. Sie würde unter Ausschluss der Öffentlichkeit im Richterzimmer zu gegebener Zeit noch einmal vernommen und vom Verteidiger ihres Vaters befragt werden.

Lili, Ariane und Cornelius saßen direkt hinter dem Tisch des Staatsanwaltes. Zusammen mit Louisa, dem Wirt aus der Kneipe, dem Versicherungsangestellten und einigen Polizisten und Feuerwehrmännern, die als Zeugen geladen waren, füllten sie die vorderste Bank, um der jungen Novizin beizustehen. Esther, Dr. Jaworski und Professor Leuchtegrund saßen direkt hinter ihnen. Bellinda hatte beschlossen, dem Prozess fern zu bleiben, was jeder verstand.

Cornelius, der am Gang saß und damit Rosalies Vater am nächsten war, saß steif wie ein Stock und wagte nicht einen Blick zur Seite. Seine Brille hing ihm schief auf der Nase und seine Finger hatten sich krampfartig ineinander verkeilt, da man ihm nicht gestattet hatte, sein Notebook mit in den Saal zu nehmen. Kalkweiß sah er aus, geradezu durchsichtig. Die körperliche Nähe dieses für seine gewissenlose Gewaltbereitschaft bekannten Mannes war ihm einfach unerträglich.

Ariane hingegen starrte Leon Lieblich mit unverhohlener Genugtuung und solch offener Abscheu an, dass die nachdenkliche und angespannte Lili sich wunderte, dass der Kerl nicht sofort zu Staub zerfiel.

Auch sie wäre dem ganzen Spektakel am liebsten ferngeblieben, während Ariane die Verhandlung geradezu zu genießen schien und mit größter Neugier verfolgte. Jede Frage des Verteidigers, jede Aussage der Zeugen und jede Bewegung des Richters wurde von ihr umgehend kommentiert und entweder mit strenger Verachtung oder feuriger Zustimmung bedacht – weshalb sie von Totsch auch bereits mehrfach zur Ruhe ermahnt und einmal fast des Saales verwiesen worden war, weil sie aufgesprungen und dem Verteidiger den Kopf gewaschen hatte.

»Einspruch!«, schrie sie nun schon wieder und sprang mit erhobenem Arm von der Bank auf wie ein eifriger Schüler.

Totschs Kopf drehte sich bedrohlich in ihre Richtung und seine schlaffen Wangen füllten sich mit Farbe.

»Das ist eindeutig eine Fangfrage«, fuhr Ariane unbeeindruckt fort, »das dürfen Sie auf keinen Fall zulassen.«

Theobald Täschners Schnurrbart begann heftig zu zittern. Er machte gar nicht mehr den Versuch, Ariane darauf hinzuweisen, dass er sein Amt sehr wohl ohne ihre Hilfe ausüben konnte. »Setzen!«, brüllte er wütend, und die Ader oberhalb seines Hemdkragens schwoll bedenklich an. Und noch einmal donnerte seine Stimme durch den Saal, dass selbst die Fliegen vor Schreck von den Wänden fielen: »Seeeeetzen, verdammt noch einmal!«

»Aber das ist eindeu...«

Lili hielt den Atem an und wagte keinen Blick in Richtung Richtertisch. Ariane musste völlig den Verstand verloren haben.

Da knallte auch schon die Faust auf das Pult, dass das Holz nur so krachte.

»Zwanzig Stunden Sozialarbeit!«, herrschte der Richter den Gerichtsschreiber an, den vor Schreck fast das Zeitliche segnete. »Notieren Sie das.« Dann wand er sich unvermittelt in Richtung des Professors: »Eugen, wenn ich in dieser Verhandlung auch nur noch einen Muckser von deinem Schützling höre, lasse ich sie zwei Tage in Verwahrung nehmen.« Mit Befriedigung nahm er zu Kenntnis, wie Leuchtegrund ergeben nickte und Ariane die Kinnlade runterfiel. Sie sagte jedoch nichts mehr und setzte sich mit trotziger Miene und düsterem Blick zurück auf ihren Platz.

Kurz danach trat Louisa in den Zeugenstand. Sie wurde zu Lieblichs Besuchen bei seiner Tochter befragt. Mit zitternden Händen stotterte sie ein paar kaum hörbare Antworten und verstummte dann völlig, woraufhin sie der Verteidiger verzweifelt gehen ließ und den nächsten Zeugen aufrief.

Die Verhandlung zog sich über mehrere Tage und beherrschte alle Zeitungen. Sogar das Fernsehen berichtete in den Abendnachrichten zur allerbesten Sendezeit.

Letzten Endes ging die Sache so aus, wie die Presse es bereits vorausgesagt hatte: Leon Lieblich fuhr auf unbestimmte Zeit in den Bau ein und würde ihn wohl selbst bei guter Führung nie wieder verlassen. Sein Verteidiger versuchte, so unsichtbar wie möglich das Gerichtsgebäude zu verlassen, und machte sich erst einmal für einige Wochen rar. Richter Theobald Täschner und sein alter Studienkumpan Staatsanwalt Ulf Doldinger aber zogen sich in ein Restaurant zurück, wo sie bei einem exquisiten Fünf-Sterne-Menü, einem hervorragenden alten Bordeaux und einer sündhaft teuren Havanna den alten Zeiten nachhingen.

Epilog

Lili stand am Zaun des liebevoll gepflegten Gartens, der das kleine Haus umgab, welches Rosalies neues Zuhause werden sollte. Sie konnte nicht glauben, wie sehr das Mädchen aufgeblüht war. Heute war sie stolze zehn Jahre alt geworden und sah auch genauso aus.

Ariane, die mit Cornelius ein paar Meter entfernt stand, winkte ihr ungeduldig. »Mach schon, Lili, sonst bekommen wir keine Karten mehr!« Nachdem sie den Kindergeburtstag heil überstanden hatte, konnte sie es kaum erwarten, mit ihren Freunden ins Kino zu gehen. Und auf gar keinen Fall wollte sie sich in der ersten Reihe einen steifen Nacken holen. Cornelius hatte sein Laptop inzwischen mit einem Tablet vertauscht, das wesentlich einfacher zu transportieren war, und stand versunken neben ihr.

Lili nickte ihr zu und wollte sich aufrichten. Doch Rosalie zog sie noch einmal zu sich herunter, stellte sich auf die Zehenspitzen und flüsterte: »Du hast gelogen.«

Lili sah sie fragend an.

»Du hast gesagt, meine Mutter würde auch hier sein.«

Lili lächelte liebevoll. »Nein, ich hab nicht gelogen. Deine Mutter *ist* hier.« Sanft legte sie ihre Hand auf die Stelle, unter der Rosalies Herz schlug. »Sie ist genau hier drin«, versicherte sie dem Mädchen und unterstrich ihre Worte mit einem zarten Klopfen. »Die Menschen, die *uns* lieben und die *wir* lieben, sind immer bei uns. Liebe kennt keine Grenzen, sie ist das Einzige, das immer bleibt.«

Rosalie starrte wie gebannt auf die Stelle, an die Lili ihre Hand geführt hatte, und begann zu strahlen. Dann nahm sie die Hand weg und nickte zustimmend. »Vielleicht hast du recht«, räumte sie großzügig ein.

»Ganz sicher.«

Lili löste sich und wand sich schon zum Gehen. Doch dann drehte sie sich noch einmal um und zwinkerte Rosalie schelmisch zu. »Außerdem hast du in der Grotte gefragt, ob dort auch *eine* Mutter auf dich wartet.« Sie streckte den Arm aus und zeigte zur Haustür, wo eine junge blonde Frau mit rosigen Wangen und leuchtenden Augen stand und ungeduldig darauf wartete, dass Rosalie ins Haus kommen würde. »Und dieser Wunsch hat sich erfüllt.«

Rosalie nickte strahlend und gab Nut einen Klaps. Beide sprangen zurück in ihr neues Leben. Sie hatten es gut getroffen und schon bald würden die Ereignisse der Vergangenheit nur noch böse Schatten sein.

Lili strahlte glücklich und hakte sich fröhlich bei Ariane und Cornelius unter.

Wieder war ein Abenteuer des Geheimen Zirkels zu Ende und alle kehrten an ihren Platz zurück. Nur Louisa verließ nach einer langen Aussprache mit der Mutter Oberin und einer Anhörung vor dem Bischof, die es in sich hatte, erst einmal das Kloster. Sie hatte beschlossen, ihr Studium wieder aufzunehmen.

Lili war sich sicher, dass sie eine fantastische Ärztin werden würde. Vielleicht kehrte sie sogar eines Tages ins Kloster zurück und würde doch noch in Elsbeths Fußstapfen treten. Wer konnte das schon wissen?

Während Ariane an der Kinokasse die Karten löste, zog Lili einen Brief aus der Tasche ihrer Jacke. Er war von Marla, ihrer Mutter, und vom vielen Lesen schon leicht zerknittert. Liebevoll las sie noch einmal die letzten Zeilen. Morgen würde Marla sie persönlich im Institut für Hochbegabte und Personen mit besonderen Fähigkeiten abholen. Sie würden in den Herbstferien zusammen verreisen. Lili wusste, was das zu bedeuten hatte, und ihr wurde warm ums Herz. Ihre Mutter hatte sich endlich damit abgefunden, dass sie den Weg der Grenzgängerin ging.

Auch Ariane, die soeben auffordernd mit den Karten winkte, hatte dank der Begegnung mit Doldinger ihren Weg gefunden. Die Rechtsprechung hatte es ihr angetan und sie liebäugelte damit, Journalismus und Jura miteinander zu verbinden. Sie hatte sogar ein Ferienpraktikum in Doldingers Büro ergattert. Die beiden hatten sich schätzen gelernt. Ariane würde sich einmal den Ruf eines gefährlichen Raubtiers ergattern, daran hatte Lili keinen Zweifel. Jeder, der sich mit ihr anlegte, musste sich warm anziehen.

Und Cornelius? Tja, der war schon jetzt ein Genie und würde in den Ferien zusammen mit Leuchtegrund an einem wissenschaftlichen Forum teilnehmen. Der Direktor hielt große Stücke auf ihn und keiner zweifelte daran, dass ihm eine große Karriere bevorstand und er eines Tages etwas Grandioses erfinden würde. Lili sah auf. Inzwischen hatte Ariane eine riesige Tüte Popcorn in der Hand und wedelte ihr noch einmal auffordernd mit den Kinokarten zu.

Zufrieden und glücklich ließ Lili den Brief verschwinden und setzte sich in Bewegung. Und sie selbst? Sie wollte jeden Tag mehr in die Fußstapfen treten, die ihre berühmte Ururgroßmutter Viola hinterlassen hatte.

Doch dafür war noch Zeit. Vorerst waren sie voll und ganz mit der Prüfungsvorbereitung beschäftigt und würden ihre letzten Schuljahre am IHPBF in vollen Zügen genießen. Erwachsen wurden sie noch früh genug!

~ Ende ~

Danksagung

Die Zeilen werden nicht reichen, um all denen zu danken, die mir in den letzten 14 Monaten zur Seite standen. Daher zuerst einen herzlichen Dankesgruß an all die wunderbaren Leser, die mir bereits mit den ersten beiden Bänden folgten, ohne zu wissen, auf welche Abenteuer sie sich einlassen. Ich hoffe, Lili und ich haben euch nicht enttäuscht und können uns eurer weiteren Freundschaft sicher sein. Wir haben euch ganz fest in unser Herz geschlossen.

Dank auch allen Bloggern, die der Trilogie schon jetzt einen guten Start bereitet haben, auch für ihre konstruktive Kritik. Es ist klasse, mit euch zusammenzuarbeiten. Danke für euer Engagement!

Danke an meine fantastische Lektorin, von der ich so viel lernen durfte, an alle Journalisten, die über mich und meine Bücher bereits berichtet haben, und an Susan Julieva von covermedesign.de für die wunderbaren Cover.

Der allergrößte Dank geht aber wie immer an meinen Sohn, der mich in dieser herausfordernden und arbeitsreichen Zeit ertragen und mich immer wieder ermutigt hat.

Die Autorin

 Geboren wurde ich mitten im Sommer des Jahres 1967. Meine Kindheit verbrachte ich im Norden zwischen Steinhuder Meer, Lüneburger Heide und Harz. Sie war wunderbar, wild und voll magischer Wesen. Nach dem Abitur zog es mich in den Süden. Ich studierte in Stuttgart die pädagogische Bewegungskunst Eurythmie und stand mit dem Else-Klink-Ensemble auf vielen Bühnen dieser Welt. Das war eine herrliche, unbeschwerte und verrückte Zeit.

In den folgenden Jahren ging es turbulent weiter: Ich heiratete, bekam einen Sohn, wechselte beruflich ins Marketing und zog sehr oft um. Durch die vielen Berufs- und Ortswechsel lernte ich nicht nur die unterschiedlichsten Menschen und Lebensarten kennen, sondern vor allem, mich schnell in neue Situationen einzufügen und auf Unbekanntes offen einzulassen.

Heute lebe ich mit meiner Familie im schönen Steinlachtal im Kreis Tübingen und schreibe, wann immer ich kann, an neuen spannenden Abenteuern für euch.

Mit kunterbunten Grüßen
eure Eva

Mehr über mich unter: **www.eva-seith.de**

Folge mir auf Facebook: https://www.facebook.com/EvaSeith